edition**blaes**

W0058843

Sämtliche in meinem Buch enthaltenen Geschichten und Zitate wurden von mir gewissenhaft recherchiert und auf eventuelles Copyright hin überprüft. Sollte mir dennoch ein Fehler unterlaufen sein, so bitte ich um entsprechenden Hinweis an den Verlag.

Impressum
© Karin Zimmermann, 2018

Zeichnungen: Karin Zimmermann, Britta Marterer
Design: Renate Blaes
Druck: CreateSpace

Verlag: Edition Blaes
Am Steig 11, 86938 Schondorf
www.editionblaes.de

ISBN 978-3-942641-59-3

Karin Zimmermann

Märchenhafte Lichtblicke

Märchen und Geschichten
für Erwachsene

editionblaes

Karin Zimmermann

Für meine Leser

Ich schreibe gerne. Schon mein ganzes Leben lang. Dabei spielt es keine Rolle, was ich schreibe: Geschichten, Märchen, persönliche Zeilen an Freunde oder den Einkaufszettel. Sogar antipathische Briefe an Behörden oder Ämter gehen mir leicht von der Hand.

Aus gesundheitlichen Gründen stehen in meinem Leben derzeit Veränderungen bevor. Aber wie heißt es so schön: Wo sich eine Tür schließt, öffnet sich eine andere. Vielleicht ist es ein Wink des Schicksals, endlich meinen Traum hinsichtlich der Schriftstellerei zu erfüllen. Ein Buch schreiben – diesen Wunsch hegte ich bereits als Teenager. Im Alter von 14 Jahren verfasste ich mein erstes Buch für eine sehr gute Freundin. Seitenanzahl: 45. Auflage: zwei Stück. Erstellt auf einer mechanischen Adler-Schreibmaschine. Durchschlag mit Kohlepapier – das war richtig harte Arbeit. Unvorstellbar in der heutigen Zeit. Mein zweites Buch entstand im Alter von 16 Jahren mit immerhin bereits 109 Seiten und auf einer elektrischen Schreibmaschine. Dieses Buch erhielt eine liebe Freundin zum Schulabschluss. Unter Einsatz meines gesamten Taschengeldes habe ich mein Werk in einem Fachgeschäft binden lassen.

Im Laufe der letzten Jahre habe ich die verschiedensten Kurzgeschichten verfasst, welche allesamt in einer Schublade beziehungsweise auf meiner Festplatte vor sich hin schlummern. Vergleichbar mit dem lieblichen Dornröschen. Allerdings brauche ich keinen Prinzen, der meine Geschichten aus dem Tiefschlaf erweckt.

Mit diesem Buch hauche ich meinen schlummernden Geschichten endlich Leben ein.

Inhalt

Manche Wünsche haben wir in der Kindheit begraben,
still unter einen Stein gelegt.
Lange Zeit haben wir den Stein noch heimlich besucht,
bis wir den Wunsch und den Stein endlich vergaßen.
Eines Tages aber kommen wir zufällig
an dieser Stelle im Garten vorbei und entdecken:
Der Stein lebt, Moos und Gras wachsen darauf.

Theodor Fontane, deutscher Schriftsteller und Journalist,
1819–1898

Lichtblicks Vorwort

Es war einmal ... eine Frau, die für ihr Leben gern Geschichten schrieb. In einem Forum, einer sogenannten *Community*, veröffentlichte sie unter dem Pseudonym *Lichtblick* viele Märchen und postete diese als Gute-Nacht-Geschichten. Zahlreiche Leser ermutigten sie, die Geschichten in einem Buch zu veröffentlichen.

Alles braucht seine Zeit. Die Frau erkrankte schwer und spürte, dass das Schreiben von Geschichten befreiend und schmerzlindernd wirkt. Sie nahm allen Mut zusammen und verfasste aus den bereits vorhandenen sowie neuen Geschichten ein Märchenbuch für Erwachsene. Und wenn sie nicht gestorben ist, schreibt sie noch heute.

Warum schreibe ich Märchen und Weisheitsgeschichten für Erwachsene? Erwachsene sind schon groß, und an Märchen glaubt im Erwachsenenalter ohnehin keiner mehr. Märchen sind eher was für kleine Kinder, die sie zur Entwicklung ihrer kindlichen Identität benötigen. Nein. Das stimmt nicht. Märchen bereichern unser aller Leben. Egal, ob wir jung sind oder bereits ein gewisses Alter erreicht haben. Märchen vermitteln uns Zuversicht, Hoffnung und Vertrauen in die eigene Stärke. Sie inspirieren uns und regen die Fantasie an. Sie sind Mutmacher, Seelennahrung und manchmal sogar Lebenshilfe. Märchen und Weisheitsgeschichten beinhalten verborgene Botschaften mit tiefer Symbolik. Je mehr solcher Geschichten wir lesen, desto besser verstehen wir ihre Botschaften und Weisheiten. Sie lehren uns, auf unsere innere Stimme und unser Bauchgefühl zu achten.

Schon als kleines Kind liebte ich Märchen und Weisheitsgeschichten. Einfach weil am Ende immer (meistens) alles gut wird. Der Gute siegt, der Böse bekommt seine Strafe. Stundenlang sinnierte ich über die Botschaft mancher Geschichte. Oft fühlte ich mich selbst wie eine kleine Prinzessin mit unsichtbarer Krone.

Machen Sie es sich bequem und tauchen Sie ein in die faszinierende Welt der Märchen und Weisheitsgeschichten.

Ich wünsche Ihnen wundervolle Minuten der Entspannung und Inspiration. Vielleicht streichelt ein kleiner Lichtblick Ihr Herz oder Ihre Seele. Und sollten Sie beim Lesen einschlafen, bin ich Ihnen nicht böse. Träumen Sie Ihr eigenes Märchen ...

Lichtblicks Gedanken

Unter jeder meiner Geschichten finden Sie »Lichtblicks Gedanken«. Das sind meine eigenen Gedanken, die mir beim Aufschreiben in den Sinn gekommen sind. Manche spontan, manche erst nach längerem Überlegen. Bitte bedenken Sie: Ich bin weder Psychologin, Esoterikerin noch Lebensberaterin. Ich verfüge über keine Fachkenntnisse in puncto Märchenanalysen und Weisheitsgeschichten, sondern benutze einfach meinen gesunden Menschenverstand.

Meine Geschichten erzählen von den Sonnen- und Schattenseiten des Lebens. Sollten die Schattenseiten einmal überwiegen, möchte ich mit meinen Geschichten Hoffnung geben und einen kleinen Lichtblick in die Dunkelheit schicken. Selbst aus den unangenehmsten Lebenslagen kann etwas Wunderschönes entstehen.

»Wer einen Lichtblick in das Leben eines anderen bringt, kann nicht verhindern, selbst angestrahlt zu werden.«
Sir James Matthew Barrie, Schriftsteller, 1860–1937

Der traurige Regenbogen

Es war einmal … ein bunter Regenbogen. Er weinte bitterlich. Ein kleines Mädchen mit purpurroter Mütze auf dem Kopf hörte sein Schluchzen. Überrascht blieb es stehen und fragte:

»Warum bist du traurig, lieber Regenbogen?«

Der Regenbogen schniefte: »Ach, ich sehe immer gleich aus, das bedrückt mich. Wie gern hätte ich andere Farben oder ein anderes Muster, damit man mich bemerkt und auf mich aufmerksam wird. Jedoch bleibe ich immer ein ganz gewöhnlicher Regenbogen.«

»So sind die Menschen auch«, erwiderte das kleine Mädchen. »Wer glatte Haare hat, wünscht sich nichts sehnlicher als Locken. Derjenige mit Naturlocken sehnt sich nach glattem Haar. Wer blasse Haut hat, versucht, durch die Sonne Bräune zu erlangen, und Menschen mit dunkler Hautfarbe wünschen sich, blass zu sein. Wer dick ist, sehnt sich nach einem schlanken Körper. Kranke, abgemagerte Menschen wünschen sich, sie hätten einige Fettdepots.«

Aufmerksam lauschte der Regenbogen den Worten des kleinen Mädchens.

»Weißt du«, fuhr das Mädchen fort. »Es ist gar nicht wichtig, wie man aussieht. Jeder Einzelne von uns ist einzigartig und liebenswert. Jeder auf seine Art.« Das Mädchen hielt kurz inne. Zögernd zog es seine purpurrote Mütze vom Kopf. Da erst bemerkte der Regenbogen, dass das Mädchen keine Haare hatte. Er schämte sich fürchterlich.

»Meine Haare werden wieder wachsen«, sagte das Mädchen mit fester Stimme. »Das ist nicht schlimm. Bestimmt werde ich wieder gesund werden. Und du, lieber Regenbogen, bist auch etwas Besonderes. Wenn du dich am grauen, verregneten Himmel zeigst in deinen leuchtend kräftigen Farben, erfüllt sich mein Herz mit Freude. Dein beeindruckendes Farbenspiel ist Balsam für meine Seele. Du schenkst mir und vielen anderen Menschen Kraft, Hoffnung und Zuversicht.«

Der kleine Regenbogen weinte erneut. Dieses Mal jedoch vor Glück. Seine Tränen kullerten an den bunten Bögen entlang und spiegelten sich in sämtlichen Regenbogenfarben.

»Lieber Regenbogen, wenn deine Tränen auf die Erde fallen, sehen sie aus wie kleine Diamanten. Das habe ich vorher nie so wahrgenommen«, staunte das Mädchen und wurde nachdenklich. »Jetzt erinnere ich mich. In unserem Garten wächst eine wunderschöne Pflanze. Man nennt sie *Tränendes Herz*. Sie hat viele kleine Herzblüten. Meine Oma erzählte mir, dass diese Pflanze nur an einer Stelle wachsen kann – dort, wo ein Regenbogen seine diamantenen Tränen vergossen hat.«

So schöne Worte hatte dem Regenbogen bislang niemand zukommen lassen. Für das kleine Mädchen strengte er sich ganz besonders an und erstrahlte am Himmel in seinen prächtigsten Farben – so intensiv wie nie zuvor in seinem Regenbogenleben.

Lichtblicks Gedanken

Wir Menschen sehnen uns vor allem nach dem, was wir nicht haben oder nicht haben können. Dabei wäre es viel besser, wir versuchten, uns auf das Wesentliche zu konzentrieren und uns über das, was wir haben und was uns ausmacht, zu freuen. Es gibt keine perfekten Menschen, dennoch ist jeder von uns auf seine Weise einzigartig, schön und liebenswert. Wann immer ein Regenbogen am Himmel entsteht, leuchtet er mit all seiner Kraft und seinen prächtigen Farben, um uns Freude zu bereiten. Er schenkt uns Mut und Hoffnung.

»Ohne die Tränen in unseren Augen
gäbe es keinen Regenbogen in unserer Seele.«
Indisches Sprichwort

Das ängstliche Samenkorn

Teil 1

Es war einmal ... ein kleines Mädchen, das lebte mit seiner Familie in einem idyllischen Haus auf dem Lande. Ein romantischer Bauerngarten umgab das Gebäude von allen Seiten. Das Mädchen liebte den Garten und die dort wachsenden Pflanzen. Es hegte und pflegte sie. Die Pflanzen fühlten sich wohl und dankten es mit einer Blütenpracht in buntesten Farben.

Eines Tages bekam das Mädchen von seiner Mutter zwei Blumensamen geschenkt.

»Stecke die beiden Samen in die Erde, und du wirst staunen«, sagte die Mutter geheimnisvoll.

Nichts lieber als das!

Das Mädchen ging in den Garten, grub eine Vertiefung in die Erde und legte die beiden Samen hinein. Seite an Seite. Es hatte die Samenkörner noch nicht mit Erde bedeckt, als eine zarte Stimme flüsterte:

»Endlich liege ich in der feuchten, fruchtbaren Erde. Jetzt werde ich mich anstrengen und schnell wachsen und gedeihen. Ich sehne mich nach der Wärme der Sonne auf meinen Blättern und nach der erfrischenden Kühle des Regens. Mit meinen üppigen Blüten werde ich Bienen und Schmetterlinge anlocken.«

Noch überrascht von der Stimme des einen Samenkorns, hörte das Mädchen plötzlich das andere Samenkorn leise jammern:

»Oh je, ich habe große Angst. Unter der Erde ist es bestimmt dunkel und kalt. Ich werde nichts sehen und nicht wissen, was oder wer mir im Dunkeln begegnet. Und was ist, wenn ich aus dem Boden sprieße und eine gefräßige Schnecke über mich herfällt? Oder ein Mensch mich samt Wurzeln aus dem Boden reißt? Vielleicht sollte ich lieber für immer ein Samenkorn bleiben, dann wäre ich nicht allzu verletzlich und Gefahren ausgesetzt wie ein zartes Pflänzchen.«

Kaum hatte das zweite Samenkorn seine Befürchtungen ausgesprochen, flog eine Amsel heran und fraß es auf. Schnell streute das Mädchen Erde über das andere Samenkorn, damit dieses nicht auch noch der hungrigen Amsel zum Opfer fiel. Danach lief es weinend zu seiner Mutter.

»Eine Amsel hat eines der Samenkörner gefressen«, jammerte es, und Tränen liefen ihm übers Gesicht. »Es hatte gar keine Möglichkeit, sich in der Erde zu entfalten.«

Die Mutter nahm ihr Töchterchen in die Arme und sagte liebevoll:
»Das kann passieren. Gräme dich nicht. Das ist der natürliche Kreislauf. Die Amsel wird das Samenkorn unverdaut wieder ausscheiden. Wenn es Glück hat, fällt es auf fruchtbaren Boden und wird ebenso gut gedeihen wie das andere.«

Viele Tage später entdeckte das Mädchen das Nest der Amsel im Geäst eines Kirschbaums. Immer wieder lief es hin und suchte den Boden unterhalb des Nestes ab. Erst war nichts Besonderes zu sehen, doch eines Tages hatte sich ein Sämling durch die Erde gedrückt und streckte seine ersten Blättchen der Sonne entgegen.

»Du bist bestimmt das von der Amsel stibitzte Samenkorn«, flüsterte das Mädchen dem Pflänzchen zu und war sehr glücklich.

Lichtblicks Gedanken

Manchmal sollten wir im Leben etwas riskieren, um unsere Ideen und Wünsche zu verwirklichen, oder um eine Chance auf was Neues zu erhalten. Wenn es funktioniert, sind wir glücklich, das Risiko eingegangen zu sein. Wenn wir allerdings verlieren, betrachten wir es als Lebenserfahrung, um es beim nächsten Mal anders und besser zu machen.

»Lieber etwas riskieren, als ewig zu bereuen,
sich nicht getraut zu haben.«
Autor unbekannt

Das ängstliche Samenkorn

Teil 2

Es war einmal … ein kleines Mädchen, das Pflanzen über alles liebte. Die seltensten und empfindlichsten Blumen erblühten unter seinen Händen.

Aus einem Samenkorn, das große Angst vor der dunklen Erde hatte und von einer Amsel gefressen wurde, entstand schließlich ein winziger Sämling. Durch das Sonnenlicht und die liebevolle Pflege des kleinen Mädchens wurde der Sämling größer und kräftiger. Das Mädchen war überglücklich, als es sah, dass die Pflanze erste zarte Knospen bildete. Doch obwohl es warm war und die Sonne schien, öffnete die Pflanze keine einzige ihrer Knospen. Das Mädchen war ratlos. Während alle anderen Blumen bereits in voller Blütenpracht standen, schien die Blume mit den vielen Knospen ihr Wachstum einfach eingestellt zu haben.

»Was ist los mit dir?«, fragte das kleine Mädchen. »Du hast schon viel erlebt in deinem kurzen Leben. Warum möchtest du deine Blütenpracht nicht zeigen?«

»Es ist erst Anfang Mai, und vielleicht erscheint Väterchen Frost eines Nachts«, seufzte die Blume. »Meine empfindlichen Blüten könnten erfrieren. Ich lasse sie lieber zu, so kann mir nichts passieren.«

Zwei Wochen später beruhigte das Mädchen die Blume:

»Jetzt kann dir nichts mehr passieren, liebes Pflänzchen. Väterchen Frost kommt um diese Jahreszeit nicht mehr. Du kannst deine Blüten getrost öffnen.«

Die Blume zögerte. Sie schwankte hin und her und sah sich um.

»Es sieht nach Gewitter und Regen aus. Was ist, wenn ein Unwetter kommt und meine schönen Blüten mit Wind und Regen zerstört? Ich warte lieber auf einen besseren Zeitpunkt.«

Resigniert schüttelte das Mädchen den Kopf. So eine ängstliche und komplizierte Blume hatte es bisher nicht erlebt. Ein paar Tage später, als das Mädchen die Blume bewässerte, fragte es erneut: »Möchtest du nicht endlich deine Knospen öffnen? Die Sonne scheint, und weit und breit ist kein Unwetter in Sicht.«

»Ach, ich weiß nicht«, zögerte die Blume. »Wenn ich meine Blüten öffne, lenke ich die Aufmerksamkeit der Menschen auf mich. Sie könnten mich abschneiden, und ich verwelke in einer Vase.«

Das Mädchen runzelte die Stirn.

»Weißt du was? Du versäumst enorm viel in deinem Leben«, schalt es die Blume. »Keine Biene oder Hummel kommt dich besuchen und trägt deinen Blütenstaub zu anderen Blumen. Und keiner der vielen bunten Schmetterlinge wird zu dir flattern, wenn du deine Blüten nicht öffnest. Und du selbst wirst auch nie den Duft deiner eigenen Blüten genießen können.«

Enttäuscht nahm das Mädchen die Gießkanne in die Hand und entfernte sich einige Schritte. Aus den Augenwinkeln nahm es allerdings wahr, dass die Blume sachte und vorsichtig eine Blüte nach der anderen entfaltete. Das Mädchen blieb stehen und bewunderte die Blütenpracht der ängstlichen Pflanze, die nun zur Königin aller Blumen in dem kleinen Bauerngarten wurde.

Lichtblicks Gedanken

Angst vor Schmerz, Angst vor Enttäuschung, Angst vor Neuem, Angst, Fehler zu machen, Angst zu versagen ... es gibt viele verschiedene Ängste. Angst ist eine starke und wichtige Emotion. Zu viel Angst verhindert allerdings, unbeschwert zu leben. Es ist vertane Zeit, immer nur auf bessere Zeiten zu warten. Dadurch versäumen wir viel in unserem Leben. Genießen wir lieber das kleine Glück und erfreuen uns daran.

»Den größten Fehler, den man im Leben machen kann,
ist, immer Angst zu haben, einen Fehler zu machen.«
Dietrich Bonhoeffer, Theologe, 1906–1945

Der kranke Vogel

Es war einmal ... eine einsame Frau. Sie wünschte sich von Herzen ein Haustier. Wegen Geldsorgen konnte sie sich diesen Wunsch nicht erfüllen.

Eines Tages schlenderte sie an einem Zoogeschäft vorbei und hörte das Gezwitscher exotischer Vögel. Ein Lächeln trat auf ihr Gesicht. Sie liebte diese Vogelklänge. Als Kind hatte sie immer einen Wellensittich gehabt. Das waren drollige und aufgeweckte Vögel. Manch einer war sogar zahm gewesen.

Die Frau betrat das Zoogeschäft und blieb gerührt vor der Voliere stehen. Zahlreiche Wellensittiche in den schönsten Farben brachten Leben in den Käfig. Sie konnte sich gar nicht sattsehen an den vielen Piepmätzen. Was für ein buntes Treiben: Einige der Vögel versuchten zu fliegen, andere schnäbelten miteinander, krauten sich, fraßen oder hatten das Köpfchen in die Federn gesteckt, um ein wenig zu dösen.

In der hintersten Ecke des Käfigs saß ein Wellensittich einsam auf seiner Stange. Zurückhaltend und ängstlich beobachtete er seine Artgenossen. Die Frau hatte den Vogel sofort entdeckt. Er sah ziemlich zerrupft aus, nicht gerade das Ebenbild eines Wellensittichs. So manche Feder stand zu Berge und seine Schwanzfedern fehlten. Er machte einen kläglichen Eindruck.

»Kann ich Ihnen helfen?«, fragte der Verkäufer.

Erschrocken drehte die Frau sich um. »Nein, danke«, sagte sie. »Obwohl ... was würde denn der Vogel dort hinten in der Ecke kosten?«

»Sie meinen den zerzausten? Das ist unser Sorgenkind. Den kann ich Ihnen leider nicht verkaufen«, erwiderte der Verkäufer. »Ich könnte Ihnen den Vogel allerdings schenken, wenn Sie ihn möchten.«

Die Frau überlegte. »Ich möchte ihn nicht geschenkt bekommen. Er ist genauso viel wert wie die andern Vögel. Leider kann ich ihn nicht kaufen, denn ich habe keinen Käfig«, seufzte die Frau und in Gedanken ergänzte sie: Und ich kann mir auch keinen leisten.

Der Verkäufer überlegte. Er sah, wie sehnsüchtig sich die Frau den Vogel wünschte: »Ich schlage Ihnen vor, Sie kaufen den Vogel zum regulären Preis und ich schenke Ihnen einen älteren Käfig, den wir schon lange im Keller aufbewahren.«

Die Frau konnte ihr Glück kaum fassen. Stolz trug sie ihren neuen Lebensgefährten nach Hause. In ihrer kleinen Wohnung erhielt er das schönste Plätzchen: direkt am Fenster. So konnte er tagein und tagaus die anderen Vögel beobachten.

Gegen Abend bekam die Frau Besuch von ihrer Schwester. Stolz erzählte sie, wie sie zu ihrem neuen Gefährten gekommen war. Die Schwester schüttelte den Kopf, als sie das zerrupfte Etwas auf zwei Füßchen im Käfig sah.

»Warum hast du dieses traurige und kranke Vögelchen gewählt, wenn die gesunden und schönen genauso viel gekostet haben?«, fragte sie.

»Du weißt, dass ich selbst sehr krank bin. Der kleine kranke Vogel braucht jemanden, der ihn versteht«, antwortete die Frau.

Der Wellensittich erhielt in seinem neuen Heim viel Liebe und Zuneigung. Er hatte ein schönes Vogelleben, besser als manch gesunder Artgenosse.

Lichtblicks Gedanken

Auch Menschen mit Handicap können trotz ihrer körperlichen Einschränkung ein erfülltes und wunderbares Leben führen. Oftmals erfüllter als das manch gesunder oder reicher Menschen. Wir sind nicht alle gleich. Wir sind jedoch alle gleich viel wert!

»Der Gesunde weiß nicht, wie reich er ist.«
Autor unbekannt

Der richtige Weg

Teil 1

Es war einmal … ein fleißiger Mann mittleren Alters, der in einem kleinen Bergdorf lebte. Das Schicksal hatte ihm weder eine Frau noch Kinder geschenkt.

Eines Tages fasste er einen Entschluss. Obwohl er die Berge über alles liebte, war sein innigster Wunsch, seine Sehnsucht nach dem Meer zu stillen. Er wollte schon immer den warmen Sand unter seinen Füßen spüren, das Rauschen des Meeres hören und den tosenden Wellen zuschauen. Er verabschiedete sich von den Dorfbewohnern und marschierte los. Je weiter er sich vom Dorf entfernte, desto beschwingter wurden seine Schritte und umso leichter fühlte er sich ums Herz. Nie zuvor hatte er sein Dorf verlassen. Weder die Umgebung noch die Schönheit der Natur außerhalb seines Dorfes hatte er bislang kennengelernt. Was für eine schöne Welt, in der wir leben, staunte er immer wieder.

Viele Tage später kam er an eine Kreuzung. Drei Wege zweigten von seinem bisher gegangenen Weg ab. Welcher Weg ist der richtige, überlegte er. Wieder und wieder stellte er sich diese Frage und grübelte über eine Antwort nach. Da kam ein Wanderer des Weges.

»Lieber Wanderer, kannst du mir sagen, welcher Weg zum Meer führt?«, fragte er.

»Tut mir leid, das kann ich dir nicht beantworten. Ich war bisher nicht am Meer, sondern ziehe nur von Dorf zu Dorf. Magst du mich nicht begleiten?«

Der Mann nickte und ging mit dem Wanderer zum nahe gelegenen Dorf. Dort fragte er alle Menschen, die er traf, nach dem Weg zum Meer. Niemand konnte ihm die Frage beantworten. Keiner war bisher am Meer gewesen. Ob es das Meer wirklich gab oder ob es nur eine Legende oder Sehnsucht der Menschen war?

So blieb der Mann in dem Dorf, suchte sich eine Unterkunft und eine Arbeit. Manchmal lief er zu der Kreuzung. Da er nie wusste, welcher der richtige Weg war, kehrte er immer wieder in das Dorf zurück. Er fühlte sich wohl bei den Dorfbewohnern, denn sie hatten ihn herzlich aufgenommen.

Jahre später, der Mann war alt und schwach, und er kränkelte, wuchs wieder seine Sehnsucht, endlich das Meer zu sehen – und zu spüren. Er nahm all seine Kraft zusammen und schlurfte zu der Kreuzung, an der er schon oft gestanden und keine Entscheidung getroffen hatte. Dieses Mal war es ihm egal, spontan entschied er sich für einen der drei Wege und hinkte weiter bis zu einer Anhöhe. Ächzend schleppte er sich hoch. Seine Knochen schmerzten bei jedem Schritt, und er rang nach Atem, so sehr erschöpfte ihn der Aufstieg.

Oben angekommen, bewunderte er den weiten Ausblick auf das Land. Er sah die einzelnen kleinen Dörfer. Schaute auf Flüsse, Wälder und Felder, und er entdeckte auch die Kreuzung. Schließlich erkannte er die drei Wege, vor denen er so oft gestanden hatte, und stellte fest, dass sie zwar in verschiedene Richtungen verliefen, sich nach einigen Kilometern jedoch wieder zu einem einzigen breiten Weg vereinigten. Es war egal, welchen Weg er wählte.

Lichtblicks Gedanken

Während unseres Lebens gelangen wir immer wieder an Kreuzungen und überlegen, welchen Weg wir weitergehen sollen. Welcher Weg der richtige für uns ist. Wir bleiben bewusst auf unserem bisherigen Weg, um uns sicher zu fühlen. Diesen Weg kennen wir, da kann uns nichts Schlimmes passieren. Vielleicht ist ein neuer Weg jedoch viel faszinierender. Wir werden es nie erfahren, wenn wir nicht wagen, neue Wege auszuprobieren. Das Leben ist zu kurz, um aus Angst vor Versagen immer wieder alles aufzuschieben.

»Neue Wege entstehen, indem wir sie gehen.«
Friedrich Nietzsche, Philologe, 1844–1900

Der richtige Weg

Teil 2

Es war einmal … ein alter Mann, der auf dem Sterbebett lag. Er fühlte sich kraftlos und erschöpft. Dennoch erzählte er den Dorfbewohnern von seinem Lebenstraum: einmal in seinem Leben das Meer zu sehen.

Allerdings zweifelte er mittlerweile daran, dass ein Meer tatsächlich existierte. Vielleicht war das, was die Menschen erzählten, nur ein Märchen oder eine Sage, und er war seinem Leben lang einem Traumgespinst hinterher gegangen.

Bedauerlicherweise hatte der Mann in jüngeren Jahren nicht den Mut aufgebracht, verschiedene Wege zu gehen, um herauszufinden, ob einer der Wege zum ersehnten Meer führte. Mittlerweile war es dafür zu spät. Die Dorfbewohner schätzten den alten Mann. Um ihm zu helfen, fragten sie in allen Nachbardörfern nach, ob es einen Menschen gab, der jemals das Meer gesehen hatte. Sie hatten Glück: In einem der kleinen Dörfer weilte ein junger Wanderer. Der wäre vor kurzem am Meer gewesen.

Man schickte nach dem jungen Wanderer und brachte ihn an das Bett des sterbenden Alten.

»Mein lieber, alter Mann«, sagte der junge Kerl. »Du wünschst dir nichts sehnlicher, als das Meer zu sehen? Schließe deine Augen. Ich bringe dich dort hin.«

Er nahm die alten, verwelkten Hände des Mannes in die seinen und begann zu erzählen: »Ich hatte auch große Sehnsucht nach dem Meer, und ich habe es gefunden. Lass uns zusammen das Meer suchen und entdecken. Bist du bereit, mit mir auf die Reise zu gehen?«

Der alte Mann nickte und schloss die Augen.

»Ich habe lange Strecken zurückgelegt«, begann der junge Mann mit seiner Erzählung. »Manchmal war ich kurz davor, aufzugeben. Es waren keine Tage, es waren Wochen, bis ich endlich in die Nähe des Meeres kam. Obwohl ich es lange nicht sehen konnte, roch ich bereits dessen salzige Luft. Ich sah seltsame große Vögel fliegen, die es in der Bergwelt nicht gibt. Die Vögel gaben schrille, aufgeregte Töne von sich. Ich hörte das Rauschen der Brandung. Wie die hohen Wellen auf die Felsen schlugen. Immer und immer wieder. Wo war es, das Meer?

Ich lief weiter und weiter. Eines Morgens stand ich auf einer kleinen Erhebung und mein Blick reichte in die Ferne. Da war es, das Meer. Atemberaubend schön. Unendlich weit. Das Wasser reichte bis zum Horizont. Die Sonne spiegelte sich in den dunkelblauen Wogen des Wassers. Ich spürte den salzigen Wind in meinem Gesicht.

Alter Mann, sag, hörst du das Meeresrauschen? Begleitet vom Krei-schen der Möwen? Riechst du die salzige Luft? Jetzt sind wir beide am Meer. Wir laufen den sandigen Strand entlang. Spürst du das kühle

Nass an deinen Füßen und den Sand zwischen deinen Zehen? Pass auf die vielen Muscheln auf, die die Wellen an Land spülen. Schau, alter Mann, wir hinterlassen im Sand unsere Fußabdrücke. Siehst du sie?«

Der alte Mann nickte und lächelte selig. Er starb nicht in seinem Bett in dem kleinen Bergdorf – er schloss für immer die Augen an seinem geliebten Meer.

Lichtblicks Gedanken

Sehnsucht haben nach etwas Bestimmten. Ein ganzes Leben lang. Bereits beim Schreiben der Geschichte kam mir ständig dieses Zitat in den Sinn:

»Nenne dich nicht arm, wenn deine Wünsche
nicht in Erfüllung gegangen sind.
Wirklich arm ist nur, wer nie geträumt hat.«
Marie von Ebner-Eschenbach, Schriftstellerin, 1830–1916

Ein kleines Rädchen

Es war einmal ... eine kluge und talentierte Frau. Die Menschen schätzten sie wegen ihrer Hilfsbereitschaft und Gutmütigkeit. Es kam ihr nie in den Sinn, anderen Menschen eine Bitte abzuschlagen. Sie war immer und für jeden da.

Besonderes Engagement steckte sie in ihren Beruf. Ihre tägliche Arbeit erledigte sie mit Freude. Sie liebte Herausforderungen und fand trotz Aussichtslosigkeit immer eine Lösung.

Manchmal merkte sie, dass sie mehr Arbeitsleistung erbrachte als die anderen. Sie sagte nie Nein, wenn es darum ging, zusätzliche Arbeiten zu erledigen. Doch gleichgültig, wie viel sie auch arbeitete, nie kam ein Gefühl der Zufriedenheit in ihr auf. Es gab keine Wertschätzung oder ein Lob. Dabei profitierten so viele von ihrem Fleiß und ihren Ideen. Oft fühlte sie sich wie ein kleines, nichts bedeutendes Rädchen. Winzig klein und kaum wahrgenommen. Sie bewirkte nichts in ihrem Berufsleben und auch sonst nichts in dieser Welt. Diese Erkenntnis machte sie oft sehr traurig. Das Gedankenkarussell drehte sich manche schlaflose Nacht ununterbrochen, doch ihr fiel keine Lösung ein, sich besser zu fühlen.

Eines Nachts, als sie sich nach einem anstrengenden Arbeitstag wieder mal wie ein kleines unnützes Rädchen fühlte, hatte sie einen sonderbaren Traum. Sie träumte, sie wäre eine Schneeflocke. Klein, zart und federleicht. Sie schwebte durch die Luft, wirbelte ein wenig umher und glitzerte im Licht. Ab und zu schlug sie einen Purzelbaum und musste kichern. Sie genoss die Schwerelosigkeit in der eisig kalten Luft. Manchmal stieß sie mit einer anderen Schneeflocke zusammen, und sie schaukelten ein Stück gemeinsam durch die Luft.

Ein kleiner Windhauch trieb die Schneeflocke schließlich zu einem Baum. Sanft ließ sie sich auf einem seiner Äste nieder und gesellte sich zu den vielen anderen Schneeflocken, die bereits vor ihr den Ast erreicht hatten. Augenblicklich geschah es: Kaum hatte sie sich gesetzt, brach der Ast und fiel auf den schneebedeckten Boden. Die Schneeflo-

cke wusste gar nicht, wie ihr geschah. Sie war noch ganz benommen von dem Absturz, erinnerte sich jedoch an ein lautes, knarzendes Geräusch. Allerdings brachte sie es nicht mit dem abbrechenden Ast in

Verbindung. Jetzt erst wurde ihr das ganze Ausmaß bewusst, und sie konnte es kaum glauben: Sie war der Auslöser! Sie, eine einzige weitere Schneeflocke, die so gut wie nichts wog, konnte mithilfe vieler anderer Schneeflocken einen Ast zum Abbrechen bringen.

Als die Frau erwachte, dachte sie lange über die Botschaft ihres Traumes nach. Und sie begriff: Auch wenn sie nur ein kleines Rädchen unter vielen war – ohne sie und die anderen würde nichts im Leben funktionieren. Selbst wenn es sich im Leben oft nicht so anfühlt: Nur aus vielen Kleinen kann etwas Großes entstehen.

Lichtblicks Gedanken

Jeder von uns ist auf dieser Welt nur ein kleines Rädchen unter Millionen von kleinen Rädchen, jedoch ist jeder auf seine Weise etwas Besonderes und wichtig. Ohne uns kleine Rädchen würde das Getriebe nicht funktionieren. Bleibt nur ein einziges kleines Rädchen von uns stehen oder stellt sich quer, steht das komplette Getriebe still.

»Ohne Kleine gäbe es keine Großen.«
Margaret Fuller, US-amerikanische Philosophin, 1810–1850

Päckchentausch

Es waren einmal ... acht unzertrennliche Freundinnen. Sie kannten sich seit über 30 Jahren und waren einander zutiefst vertraut. Mehrmals im Jahr trafen sie sich zu regem Gedankenaustausch. Die Zusammenkunft fand jedes Mal bei einer anderen Freundin statt. Die Wiedersehensfreude unter den Frauen war groß. Sie hatten immer viel zu besprechen und Neuigkeiten zu berichten.

Beim letzten Treffen kam leider keine gute Stimmung auf. Alle wirkten bedrückt oder gar traurig. Schließlich stellte sich heraus, dass die Freundinnen große Sorgen und Probleme mit sich herumtrugen. Allerdings war jede einzelne der Meinung, dass ihre Sorgen und Probleme die größten wären. Bevor das Ganze zu einem Streit ausartete, unterbreitete die älteste der Freundinnen einen Vorschlag.

»Meine lieben Freundinnen. Ich habe mir etwas überlegt: Lasst uns alle unsere Sorgen und Probleme aufschreiben und in ein Päckchen packen. Danach legt jede ihr Päckchen auf den Tisch und nimmt dafür ein anderes mit.«

Es wurde still im Raum, denn mit so einem Vorschlag hatte keine gerechnet. Allerdings war die Vorstellung, das eigene Sorgenpäckchen loszuwerden, sehr attraktiv. Schließlich waren die Frauen von der Idee so begeistert, dass sie begannen, ihre Sorgen und Probleme aufzuschreiben. Jede für sich, damit keine der Freundinnen mitbekam, welches Päckchen der anderen gehörte. Anschließend verpackten und verschnürten sie alles und legten die Sorgen auf den Tisch.

Die Freundinnen standen unschlüssig um den Tisch herum. Jede einzelne quälte sich mit der Frage: »Für welches Päckchen soll ich mich entscheiden?«

Sich auf das kleinste Sorgenpäckchen, das auf dem Tisch lag, fest-
zulegen, bedeutete nicht automatisch, dass sich darin die geringsten
Sorgen befanden. Was für eine schwierige Entscheidung!

Sie waren alle sehr aufgeregt. Immer wieder schweiften ihre Blicke
über den Tisch. Wer traute sich als erste? Nachdem alle zögerten,
machte die älteste der Frauen mutig den Anfang und nahm eines der
Päckchen an sich. Nach und nach entschieden sich auch die anderen und
wählten eines aus, bis alle verteilt waren. Als sich die Freundinnen nach
einem gemütlichen Nachmittag voneinander verabschiedeten, nahm
jede von ihnen die Probleme einer anderen mit nach Hause.

Bereits ein paar Tage später stellten die Freundinnen mit Bestürzung
fest, dass die fremden Sorgen größer waren als die eigenen. Damit hatte
keine gerechnet. Die Last auf ihren Schultern erleichterte sich demnach

kein bisschen. Im Nachhinein fanden sie den Päckchentausch gar nicht mehr gut. Wie konnten sie sich nur auf so etwas einlassen!

Beim nächsten Zusammentreffen sagten einige der Freundinnen: »Wir haben überstürzt gehandelt. Lasst uns den Päckchentausch bitte rückgängig machen und unsere eigenen Sorgen wieder annehmen.« Nach kurzer Abstimmung stellte sich heraus, dass alle damit einverstanden waren, und so tauschten sie die fremden Sorgen erleichtert wieder gegen die eigenen aus.

Durch den Päckchentausch war ihre Freundschaft wertvoller und inniger geworden. Jede schätzte und respektierte die Sorgen und Probleme der anderen.

Lichtblicks Gedanken

Manchmal sehen wir nur unsere eigenen Probleme und bedauern uns. Dabei kommt der Blick auf die Schwierigkeiten anderer Menschen leicht zu kurz. Jeder von uns trägt sein Päckchen, Kreuz, Rucksack oder wie immer man es nennen mag. Manche Lasten sind schwerer, manche sind leichter. Wie schwer wir unsere Last tatsächlich empfinden, hängt viel von uns selbst und unseren Lebensumständen ab. Es gibt Menschen, die haben gleichschwere Lasten zu tragen: Der eine trägt sie ohne große Mühe und Schmerzen, den anderen zieht sie in ein tiefes, dunkles Loch.

»Nur wer die Last wirklich selbst trägt,
kennt ihr Gewicht.«
Friedrich Maximilian von Klinger, Dramatiker, 1752–1831

Der ungeduldige Tannenbaum

Es war einmal … ein junger Tannenbaum, der in einem kleinen Wald zusammen mit vielen anderen Tannenbäumen lebte. Zur Adventszeit kamen viele Menschen und suchten sich einen Tannenbaum für das Weihnachtsfest aus. Der junge Tannenbaum beobachtete das Treiben und war enttäuscht, als die Menschen an ihm vorbeiliefen. Keiner nahm Notiz von ihm. Dabei stand er extrem gerade und stellte seine Nadeln auf. Als auch die letzten mit einem Baum den Wald verließen, war der junge Tannenbaum traurig und weinte. Ein alter, verholzter Tannenbaum neben ihm fragte:

»Was bedrückt dich, kleiner Baum?«

»Ach«, jammerte der junge Tannenbaum, »ich wünsche mir, an Weihnachten in einem der prächtigen Häuser zu stehen und festlich geschmückt zu werden. Doch keiner nimmt mich mit.«

Der alte, weise Baum blickte nachdenklich vor sich hin. Nach einer Weile antwortete er:

»Warte ab, kleiner Tannenbaum. In jedem für dich jetzt vermeintlichen Übel steckt auch etwas Gutes.«

Kurz vor Heilig Abend, als alle anderen Menschen bereits einen Weihnachtsbaum aufgestellt hatten, liefen ein ärmlich gekleidetes Mädchen und ein Mann durch den Wald. Vor dem kleinen Tannenbaum blieb das Mädchen stehen und sagte:

»Papi, den Baum möchte ich haben.«

Enttäuscht flüsterte der kleine, junge Tannenbaum dem alten, weisen Baum zu:

»Jetzt komme ich in eine ärmliche, kalte Hütte statt in ein prächtiges Haus.«

»Warte ab, kleiner Baum, ich habe dir bereits erklärt, in jedem Übel steckt auch etwas Gutes«, tröstete der alte, weise Baum.

Der Vater des Mädchens nahm keine Axt, um den jungen Baum abzuholzen, sondern grub ihn vorsichtig aus. Der Tannenbaum war sehr verwundert.

Anschließend trug der Mann den Tannenbaum zu seiner Hütte. Dort pflanzte er ihn in einen großen Topf mit Erde und stellte ihn in die behaglich warme Wohnstube. Das kleine Mädchen schmückte ihn mit selbst gebastelten Strohsternen, Nüssen, Kerzen und Äpfeln.

Am Heiligen Abend entzündete die Familie die Kerzen auf dem Tannenbaum und sang feierliche Weihnachtslieder. Der kleine Tannenbaum erlebte ein harmonisches Weihnachtsfest in der behaglich warmen Wohnstube.

Nach Weihnachten pflanzte der Vater den Tannenbaum in die Erde vor die kleine Hütte. So war er immer in der Nähe seiner neuen Familie.

Während der kleine Tannenbaum prächtig gedieh, waren alle anderen seiner Artgenossen, die er einst so sehr beneidet hatte, längst einen schrecklichen Tod gestorben: Sie hatten ihre Nadeln verloren. Da erinnerte sich der junge Tannenbaum an den weisen, alten Tannenbaum, der gesagt hatte:

»In jedem Übel steckt auch etwas Gutes.«

Wie recht er hatte!

Lichtblicks Gedanken

Wenn eine gewisse Zeit vergangen ist, wird uns bewusst, dass ein vermeintliches Unglück auch ein großes Glück verbergen kann.

So oft bewahrheitet sich in unserem Leben, dass in jedem Schlechten auch etwas Gutes steckt. Auch wenn es manchmal ein bisschen länger dauert, bis sich uns der Sinn erschließt. Vielleicht sollten wir in unserem Leben einfach geduldiger sein.

»Geduld ist das Vertrauen, dass alles kommt,
wenn die Zeit dafür reif ist.«
Andreas Tenzer, Philosoph, *1954

Nichts recht machen können

Es war einmal … eine junge Familie. Vater, Mutter und Sohn planten am Wochenende einen Ausflug an einen großen See. Um an das Ziel zu gelangen, stiegen sie in die Bahn ein. Leider war nur ein einziger Sitzplatz frei.

Der Vater sagte: »Komm, mein Junge, setz dich hin. Deine Mutter und ich bleiben in deiner Nähe stehen.«

Der Sohn nahm Platz. Die Bahn setzte sich in Bewegung.

Kurz darauf flüsterten einige Fahrgäste: »Schon schlimm die heutige Jugend. Hauptsache, sie hat einen Sitzplatz. Die eigenen Eltern können sich die Beine in den Bauch stehen.«

Der Junge bekam das Gekeife mit. Schnell stand er auf und sagte: »Bitte, Mutter, setz du dich hin.«

Die Mutter nahm Platz.

Nachdem zahlreiche Fahrgäste an der nächsten Haltestelle ein- und ausgestiegen waren, dauerte es nicht lange und die Familie hörte erneut einige lästern:

»Der arme Mann. Er trägt den schweren Rucksack. Da verdient er Tag für Tag das Geld für die Familie, und seine eigenen Angehörigen gönnen ihm nicht mal einen Sitzplatz.«

Selbstverständlich bekam die Familie die bösen Unterstellungen mit. Die Mutter sprang vom Sitz hoch und bot ihrem Mann den Platz an.

An der nächsten Haltestelle stiegen erneut Fahrgäste aus und ein. Es dauerte nicht lange, da hörte die Familie wieder maßregelndes Gerede:

»Der Mann lässt seine arme Frau und das Kind stehen. Bestimmt war die Frau schon den ganzen Tag auf den Beinen, um den Ausflug vorzubereiten.«

Der Mann sprang auf, und seine Frau nahm wieder Platz. Der acht-
jährige Junge setzte sich auf ihren Schoß.

Ein Fahrgast, der an der nächsten Haltestelle aussteigen wollte,
zwängte sich an Mutter und Sohn vorbei.

»Muss das denn sein? Zu zweit auf einem Sitzplatz?«, herrschte er die
beiden an. »Der Junge ist doch kein kleines Kind mehr.«

Daraufhin standen Mutter und Sohn auf und stellten sich neben den
Vater.

Ein neuer Fahrgast sah den freien Sitzplatz und nahm ihn sogleich
in Beschlag. Dabei blickte er auf die stehende Familie und murmelte:

»Selber schuld, wenn sich keiner auf den freien Platz setzt.«

Ein älterer Herr, der gegenüber dem heiß begehrten Sitzplatz weilte, hatte die ganze Fahrt über den ständigen Platzwechsel beobachtet sowie das Gekeife der Menschen gehört. Bevor er ausstieg, sagte er zu der Familie:

»Entschuldigen Sie, dass ich Sie anspreche. Ich bin Pfarrer. Durch diese Fahrt ist mir das Thema für die Sonntagspredigt eingefallen: Egal, wie man es versucht – die anderen finden immer etwas zu kritisieren. Haben Sie einen schönen Tag!«

Lichtblicks Gedanken

Ist es nicht oft so in unserem Leben, dass wir bei manchen unserer Handlungen zögern, weil wir darüber nachdenken, was andere dazu sagen könnten? Man kann es nicht allen Menschen recht machen. Wichtig ist, dass wir es uns recht machen und dass es uns gut geht.

Warum kritisieren die Menschen einander so viel? Oft spielt Neid eine Rolle. Oder mancher fühlt sich besser, wenn er andere kritisieren kann. Egal, wie wir uns anstrengen, anderen zu gefallen: Es wird immer jemanden geben, dem etwas missfällt.

»Allen Leuten recht getan, ist eine Kunst,
die niemand kann.«
Robert Bosch, Ingenieur, 1861–1942

Träume

Es war einmal … eine junge Frau. Tanzen war ihre Leidenschaft. Sie war ein Naturtalent, und ihr Körper bewegte sich im Einklang mit der Musik. Sie träumte davon, auf den großen Bühnen der Welt zu tanzen.

Die Eltern überzeugten sie, erst den Schulabschluss zu machen und danach eine Ausbildung. Für das Tanzen bliebe noch viel Zeit. Sie heiratete, bekam Kinder und immer noch saß der Wunsch, professionell zu tanzen, tief in ihr. Eines Tages hatte sie einen schweren Verkehrsunfall. Ihre Beine gehorchten ihr nicht mehr. Sie saß im Rollstuhl. Nach wie vor träumte sie von der großen Bühne, auf der sie für alle Menschen tanzte. Sie organisierte eine Selbsthilfegruppe, und wöchentlich trafen sich Rollstuhlfahrer zum Tanzen. Diese Aufgabe erfüllte sie mit Glück, aber ihr Traum sah anders aus.

Ein Jugendlicher verspürte den Wunsch, seine Gefühle in Worten zu Papier zu bringen. »Das ist eine Spinnerei«, hörte er oft andere sagen, »lerne einen vernünftigen Beruf, schließlich hast du irgendwann eine Familie zu ernähren.« Seine Eltern vermittelten ihm eine Lehre zum Kraftfahrzeugmechaniker. Er war fleißig und lernte seinen Beruf zu schätzen, doch es fühlte sich nicht richtig an. War er alleine, brachte er seine Gedanken zu Papier. Es entstanden bezaubernde Geschichten und Gedichte. Eines Tages erkrankte er schwer. Seine Gelenke und Finger begannen sich zu deformieren, und er konnte seinen Beruf nicht mehr ausüben. Auch fiel es ihm schwer, einen Stift zu halten, um seine Gedanken niederzuschreiben. Er nahm Medikamente ein, die starke Nebenwirkungen zeigten. Sein Geist war wie gelähmt, und sprudelten sonst die Gedichte und Geschichten wie ein Vulkan aus ihm heraus, spürte er immer öfter eine große Leere in sich. Er legte sich ein Diktiergerät zu, und eine junge Frau schrieb seine Gedanken nieder. Diese Aufgabe erfüllte ihn mit Glück, aber sein Traum sah anders aus.

Ein kleines Mädchen bettelte, das Klavierspiel erlernen zu dürfen. Die Eltern hatten weder Geld, ein Klavier zu kaufen noch ihre Tochter zum Unterricht zu schicken. Sie schenkten ihr eine Blockflöte und ein Lehrbuch. Das Mädchen brachte sich das Flötespielen selbst bei, doch es träumte weiterhin von einem Klavier.

Eines Tages fuhr es mit seinem Fahrrad zur Schule. Ein Auto erfasste es von der Seite. Es wurde mit dem Notarzt ins Krankenhaus gebracht. Viele Tage später gaben die Ärzte resignierend bekannt, dass die Finger seiner rechten Hand für immer steif bleiben würden. Es konnte nie wieder Blockflöte spielen. Auch sein Traum, Klavier zu spielen, gab es auf. Monate nach dem Unfall trat es einem Chor bei, der von einem Klavierspieler begleitet wurde. Der Gesang erfüllte es mit Glück, aber sein Traum sah anders aus.

Ein Junge träumte immer davon, Feuerwehrmann zu werden. Er wurde erwachsen und erlernte einen langweiligen Bürojob. Wann immer er die Sirene der Feuerwehr hörte, stellte er sich vor, bei einem Einsatz dabei zu sein. In Gedanken sah er sich bei Verkehrsunfällen helfend zur Seite stehen und bei Bränden Menschenleben retten.

Der Mann lernte eine hübsche Frau kennen, heiratete und bekam Kinder. Sein jüngster Sohn äußerte früh den Wunsch, Feuerwehrmann zu werden. Der Mann unterstützte diesen Wunsch und schickte ihn zur Jugendfeuerwehr. Jahre später absolvierte der Sohn seine Ausbildung zum Feuerwehrmann. Der Vater war sehr stolz auf ihn, die Berufswahl seines Sohnes erfüllte ihn mit Glück, aber sein Traum sah anders aus.

Lichtblicks Gedanken
Träume sollte man nicht aufschieben. Träume sind da, gelebt zu werden. Wenn sich ein Traum als wertlos erweist, gibt es keinen Grund zu bereuen, es nicht wenigstens versucht zu haben. Vielleicht sollten wir uns öfter bewusst machen, dass wir nur dieses eine Leben haben und die gelebte Zeit nie wieder zurückkommt. Nicht immer die Vernunft entscheiden lassen, ruhig auch auf das Bauchgefühl hören.

»Träume nicht dein Leben, lebe deinen Traum.«
Tommaso Campanella, italienischer Philosoph,
Dichter und Politiker, 1568–1639

Der verzauberte Ring

Teil 1

Es war einmal … vor langer, langer Zeit. Zu einer Zeit, als es weder Telefon noch Handy gab. Da lebte in einer kleinen Stadt ein junger, gut aussehender Mann. Er war das erste Mal in seinem Leben richtig verliebt. Endlich hatte seine Angebetete einem Treffen am See zugestimmt. Der junge Mann war jedoch viel zu früh am Treffpunkt und wartete.

Die Warterei nervte ihn. Ständig hielt er Ausschau nach seiner Liebsten. So vertieft in seine Ungeduld, hatte er weder einen Blick übrig für den See mit seinem klaren Wasser noch sah er das schnäbelnde Schwanenpaar. Er spürte keine warmen Sonnenstrahlen auf seiner Haut und übersah die blühenden Pflanzen am Seeufer. Selbst einen farbenprächtigen Schmetterling, der ihm mehrmals um die Nase flatterte, nahm er nicht wahr. Wo bleibt sie nur, fragte er sich immer wieder und trat ungeduldig von einem Bein aufs andere.

»Ich beobachte dich schon eine ganze Weile«, hörte er eine Stimme neben sich. Ein altes Weib hatte sich zu ihm gesellt. »Du bist sehr ungeduldig, allerdings kann ich dir helfen.«

»Wie willst du mir helfen?«, fragte der junge Mann grimmig. »Du kannst dich selbst kaum auf deinen Beinen halten.«

»Hier, nimm diesen Ring. Wann immer du auf etwas wartest und dir die Zeit nicht schnell genug vergeht, drehe den Ring nach rechts, und du springst von der Gegenwart in die Zukunft. Ich brauche den Ring nicht mehr. Allerdings rate ich dir: Überlege jede Drehung gewissenhaft«, murmelte die Alte, »und begehe nicht den gleichen Fehler wie ich.«

Überrascht nahm der Mann den Ring mit dem großen blauen Edelstein entgegen und steckte ihn sich an die rechte Hand. Dann drehte er

den Ring nach rechts und wünschte sich seine Liebste herbei. Schwupps –
schon stand sie vor ihm. Er nahm sie in den Arm und küsste sie heiß
und innig.

In seiner Verliebtheit konnte er es gar nicht erwarten, endlich ver-
heiratet zu sein. Er drehte den mysteriösen Ring nach rechts und schon
standen beide vor dem Pfarrer und gaben sich das Ja-Wort.

Der Ring hatte keinen guten Einfluss auf das Leben des jungen Mannes. Immer und immer wieder drehte er den Ring nach rechts und erfüllte sich einen Wunsch nach dem anderen. Er wünschte sich Kinder,
ein Haus, einen wunderschönen Garten, eine Reise und vieles mehr.

Sein Leben eilte in großen Schritten an ihm vorbei. Erst als er alt und
krank war und im Sterben lag, erkannte er dies.

Jetzt verstand er, warum das alte Weib gemeint hatte, er solle sich jede
Drehung des Ringes sorgfältig überlegen. Er war tief betrübt darüber,

wie schnell sein Leben an ihm vorbeigezogen war. Erst jetzt wurde ihm bewusst, dass Warten auch lebenswert sein kann. Er wünschte sich die Zeit des Wartens zurück – als junger, verliebter Mann, der aufgeregt dem Rendezvous mit seiner Angebeteten entgegenfieberte.

Lichtblicks Gedanken
Es wäre schon eine feine Sache, an einem Ring zu drehen und schwupps … schon sind wir ein Stück weiter. Überwinden dabei einen Berg, eine Hürde, eine unangenehme Situation ohne große Anstrengung und werden nicht mit unserer Ungeduld konfrontiert. Auf etwas zu warten, wird meist mit Nichtstun verbunden. Dabei heißt zu warten nicht stehen zu bleiben. Warten bedeutet, alternative Wege zu suchen und diese zu beschreiten. Warten kann auch die Chance auf etwas Neues sein. Betrachten wir die Zeit des Wartens als Geduldsprobe, Herausforderung oder Prüfung.

»Aus Warten besteht das Leben.«
Carl Thiersch, deutscher Chirurg, 1822–1895

Der verzauberte Ring

Teil 2

Es war einmal … ein alter gebrechlicher Mann, der im Sterben lag. In jungen Jahren hatte ihm ein altes Weib einen verzauberten Ring mit einem großen blauen Edelstein geschenkt. Wann immer er ungeduldig war und den Ring nach rechts drehte, sprang er von der Gegenwart in die Zukunft. An einen Ort, an den er sich sehnlichst wünschte.

Der Mann nutzte wegen seiner Ungeduld den Ring übermäßig oft. Jetzt, auf dem Sterbebett liegend, erkannte er, dass sein Leben im Eiltempo an ihm vorbeigezogen war. Mit letzter Kraft hob er seine Hand und betrachtete den verzauberten Ring.

»Du hast mir viel Freude bereitet in meinem Leben. Allerdings habe ich wegen dir auch viele wichtige Lebensabschnitte übersprungen. Dein Preis war hoch. Du hast mich einen großen Teil meines Lebens gekostet.« Lange Zeit betrachtete er den Ring. Soll ich ihn nach rechts drehen und mir wünschen, ich wäre tot, überlegte er. Damit könnte ich mir das Leiden bis zum bitteren Ende ersparen.

Schon fasste seine linke Hand an den Ring, um ihn zu drehen, damit dieser seinen letzten Wunsch erfüllte. Da hatte er plötzlich eine Eingebung: Was passiert, wenn ich den Ring nach links drehe? Das alte Weib hat nichts davon erwähnt, und ich habe es auch nie ausprobiert. Was kann ich denn verlieren, ich liege ohnedies im Sterben, und da kommt es auf ein paar Stunden früher oder später nicht mehr an.

Mit zitternder Hand drehte er den Ring ein wenig in die linke Richtung. Es passierte nichts. Er hatte sich gewünscht, wieder der junge Mann zu sein, der verliebt und ungeduldig auf seine Angebetete wartete. Nochmals drehte der alte Mann mit seinen verkrümmten Fingern den Ring nach links. Dieses Mal schneller und entschlossener.

Er stand an dem kleinen See, an dem er vor Jahrzehnten mit seiner Angebeteten sein erstes Rendezvous gehabt hatte. Er fühlte sich wieder jung und verliebt. Und er sah seine Liebste des Weges kommen.

Freudestrahlend wollte er ihr entgegeneilen. Doch seine Füße fühlten sich schwer an und schmerzten bei jedem Schritt. Das verstand er nicht, denn er fühlte sich wieder wie ein Jüngling. Vorsichtshalber warf er einen schnellen Blick auf sein Spiegelbild im See und erschrak. Es zeigte ein altes, gebrechliches Männlein. Als er an sich hinuntersah, bemerkte er, dass er der alte Mann vom Sterbebett war. Der Ring hatte es geschafft, ihn in die gewünschte Zeit zurückzuversetzen – mit einem jungen Geist, aber in seinem alten, verbrauchten Körper.

Die Liebste erkannte ihn nicht und schritt an ihm vorbei. Verzweifelt drehte er den Ring nach links mit der Hoffnung, auch sein jugendliches Aussehen wieder zu erlangen. Er hatte keinen Erfolg. Er drehte ihn wieder nach rechts, ebenso erfolglos. Schweißperlen standen ihm auf der Stirn, und er spürte eine unangenehme Vorahnung in sich aufsteigen.

»Bemühe dich nicht weiter«, hörte er eine ältliche Stimme. »Das habe ich auch alles probiert.« Das alte Weib von damals, das ihm den Ring geschenkt hatte, stand neben ihm.

»Mir ist es ebenso ergangen wie dir. Deshalb war mir wichtig, den verzauberten Ring schnell loszuwerden.«

Der Mann zog den Ring vom Finger und warf ihn in hohem Bogen in den See.

»Wegen Ungeduld sollen nicht noch weitere Menschen auf viele schöne Momente in ihrem Leben verzichten müssen«, rief er hinterher.

Lichtblicks Gedanken

Jede Stunde, Minute oder Sekunde unseres Lebens ist ein Geschenk. Wir sollten das Hier und Jetzt genießen. Erst wenn wir älter werden, wird uns bewusst, wie schnell die Jahre vergangen sind – auch ohne Zauberring.

»Das Gras wächst nicht schneller,
wenn man daran zieht.«
Afrikanische Weisheit

Vorurteile

Es war einmal … eine sehr fleißige Frau. Von morgens bis abends arbeitete sie in einem großen Bürokomplex. Lediglich in der Mittagspause gönnte sie sich ab und zu etwas Ruhe und genoss in einem nahe gelegenen Selbstbedienungsrestaurant ein kleines, warmes Essen.

Eines Tages ging sie wieder hin, und das Lokal war wie üblich gut besucht. Doch die Frau hatte Glück und fand einen Platz am Fenster. Sie hing ihre Jacke über eine Stuhllehne. Danach entschied sie sich an der Selbstbedienungstheke für Spaghetti mit Tomatensoße und ein Glas Mineralwasser.

Nach dem Bezahlen stellte sie Teller und Getränk auf den Tisch. Da fiel ihr auf, dass sie Gabel und Serviette vergessen hatte. Sie holte die fehlenden Gegenstände. Wieder zurück an ihrem Tisch, saß dort ein dunkelhäutiger Mann, der gerade im Begriff war, ihre Nudeln zu essen. Was für eine Frechheit, dachte sie.

Sie ließ sich gegenüber dem Fremden nieder, traute sich allerdings nicht, ihn anzusprechen. Bestimmt versteht er kein Deutsch, dachte sie. Vielleicht hat er seit Tagen nichts gegessen, überlegte sie weiter und musterte ihn aus den Augenwinkeln. Ein gut aussehender Mann, gepflegt und adrett angezogen, stellte sie fest. Eigentlich sah er gar nicht aus, als ob er es nötig hätte, fremden Menschen ihr Mittagessen wegzuessen.

Als der Mann zum Glas greifen wollte, zog sie es schnell zu sich heran und trank einige Schlucke. Ein kurzer Blick in das Gesicht des Mannes verriet ihr, dass er verwundert war. Mein Wasser bekommt er nicht, dachte sie und begann, die Spaghetti mit ihrer Gabel aufzurollen. Das stellte sich allerdings als schwieriges Unterfangen heraus, denn der Teller stand ein Stück weit von ihr entfernt.

Der dunkelhäutige Mann schob den Teller in die Mitte des Tisches, und gemeinsam aßen sie die Nudeln. Schweigend. Nie zuvor in ihrem Leben hatte sie mit einem Fremden von einem Teller gegessen. Als der Teller leer war, stand der Mann auf, nickte ihr freundlich zu und ging in Richtung Ausgang. Unterwegs blieb er stehen und sagte in fließendem Deutsch zu einer Servicekraft: »Hier, ich gebe Ihnen zehn Euro. Bringen Sie der armen Frau am Fenster bitte eine Tasse Kaffee und ein Stück Kuchen. Den Rest können Sie behalten.«

Dann verließ er das Lokal.

Die Frau stutzte. Was redete der Mann von *armer Frau*? Was bildete er sich ein? Sie stand auf, um ihm nachzugehen und zur Rede zu stellen. Mit schnellen Schritten lief sie zum Ausgang, konnte ihn aber nirgends entdecken. Sie trat auf die Straße und schaute sich um. Vergebens – es waren zu viele Menschen unterwegs. Wütend über seine dreiste Art ging sie zurück ins Lokal. Ihre Wut auf sich selbst steigerte sich weiter, weil sie nicht den Mut aufgebracht hatte, ihn anzusprechen. Immerhin sprach er fließend Deutsch. Dies war ihr eine Lehre und würde ihr sicherlich kein zweites Mal passieren. Sie ging zurück, um ihre Jacke zu holen, konnte sie aber nicht finden. Ihr Blick schweifte herum. Das Lokal leerte sich bereits, denn die Menschen mussten zurück an ihre Arbeit. Plötzlich entdeckte sie ihre Jacke. Sie hing über einer Stuhllehne an einem der Nachbartische. Ihr Blick fiel auf den Tisch neben dem Stuhl. Dort stand ein Teller Spaghetti. Unberührt und mittlerweile sicherlich kalt geworden. Daneben ein volles Glas Mineralwasser.

Sie schämte sich in Grund und Boden. Dieses Gefühl verstärkte sich noch, als ihr die Servicekraft eine Tasse Kaffee und ein Stück Kuchen brachte.

Lichtblicks Gedanken

Vorurteile. Jeder Mensch hat sie. Oft dauert es nur Bruchteile von Sekunden, und wir haben uns eine Meinung über einen Menschen, dem wir erstmalig begegnen, gebildet. Manchmal ist unser Bauchgefühl richtig. Oft stellen wir im Nachhinein fest, dass wir mit unserem Vorurteil falsch lagen. Vielleicht sind uns Vorurteile angeboren, um uns vor Gefahren und Enttäuschungen zu schützen.

»Keine Vorurteile zu haben,
ist das am weitesten verbreitete Vorurteil.«
Andreas Tenzer, Philosoph, *1954

Das Geschenk

Es war einmal … vor vielen, vielen Jahren. Da lebte ein Mann mit seiner Frau und seinen sechs Kindern in einem kleinen Häuschen mit großem Garten. Die Kinder liebten den Garten und spielten viel im Freien.

Eines Tages erkrankte die Mutter schwer und starb. Schlimme Zeiten standen dem Vater und den Kindern bevor. Die Mutter fehlte an allen Ecken und Enden. Zu den emotionalen Ängsten und Sorgen kamen auch finanzielle: Das Geld reichte hinten und vorne nicht. Der Vater arbeitete nicht nur tagsüber in seinem Hauptberuf. Jeden Abend verrichtete er irgendeinen Nebenjob. Die Kinder bekamen ihn oft tagelang nicht zu sehen.

Eines Tages, es war der Geburtstag des Vaters, überlegten die Kinder, was sie ihm schenken könnten. Sie legten ihr Geld zusammen, doch von den wenigen Pfennigen konnten sie nicht einmal eine Tafel Schokolade oder seine Lieblingskekse kaufen.

Sie beratschlagten und kamen zu dem Entschluss, es sollte ein Geschenk werden, das kein Geld kostet. Ein Bild malen, ein Gedicht schreiben oder einen Kuchen backen. Der beste Vorschlag war, den großen Garten auf Vordermann zu bringen. Durch die viele Arbeit kam der Vater selten dazu, ihn zu pflegen.

Die größeren Kinder schnitten die Sträucher und die verwelkten Blütenköpfe der vielen Rosenstöcke ab. Die jüngeren Kinder zupften das Unkraut aus den Plattenfugen oder den Blumenbeeten. »Der wird vielleicht Augen machen«, meinten sie. Es machte ihnen großen Spaß, die Überraschung vorzubereiten. Sie kehrten Wege, trugen in Eimern das Unkraut weg und wischten sich hin und wieder auch einige Schweißperlen von der Stirn.

Ein Mann am Gartenzaun beobachtete die Kinder schon die ganze Zeit.

»Ihr seid fleißige Kinder. Aber verratet mir bitte, wer zwingt euch, solche schweren Arbeiten zu verrichten? Das ist doch nichts für euch.«

»Niemand zwingt uns«, lachten die Kinder. »Wir machen das freiwillig. Das ist ein Geschenk.«

»Ein Geschenk?«, fragte der Mann.

»Ja. Wir haben leider kein Geld, unserem Papa etwas zum Geburtstag zu kaufen, deshalb haben wir beschlossen, den Garten herzurichten. Das ist unser Geschenk für ihn.«

Der Mann war gerührt.

»Ihr seid liebe Kinder«, sagte er leise. Tränen rollten über sein Gesicht. Damit die Kinder es nicht merkten, lief er schnell weiter. Er dachte an seine Kinder, die vor jedem Geburtstag lange Wunschlisten schrieben und er ihre Wünsche ausnahmslos erfüllte. Auch seine Geburtstage liefen immer gleich ab: Er bekam die hundertfünfzigste

Krawatte oder ein Paar Socken. Keiner machte sich richtig Gedanken, was er sich wirklich wünschte: ein Geschenk, das kein Geld kostete, sondern Zeit und Liebe beinhaltete.

»Habt ihr gesehen? Der Mann hat geweint«, sagte eines der Kinder.

»Warum wohl?«, rätselten sie.

Als der Vater der Kinder am Abend nach Hause kam und den liebevoll gestalteten Garten sah, freute er sich. Das war sein schönstes Geburtstagsgeschenk. Er nahm ein Kind nach dem anderen in den Arm und drückte es fest. Es machte ihm auch nichts aus, dass die Sträucher nicht fachmännisch geschnitten waren und so manche Pflanze ihr Leben verloren hatte, weil sie mit Unkraut verwechselt wurde.

Erst viele Jahre später begriffen die Kinder, warum der fremde Mann am Gartenzaun vor Rührung geweint hatte.

Lichtblicks Gedanken

Die schönsten Geschenke kann man nicht in Geschenkpapier einpacken: Liebe, Familie, Gesundheit, Lachen, Freunde, glücklich sein. Man muss sie mit dem Herzen fühlen.

»Im normalen Leben wird einem oft gar nicht bewusst,
dass der Mensch überhaupt unendlich viel mehr empfängt
als er gibt, und dass Dankbarkeit das Leben erst reich macht.«
Dietrich Bonhoeffer, Theologe, 1906–1945

König Schelm

Es war einmal ... ein treuherziger König. Sein Volk verehrte ihn, denn er war ein gutmütiger König und unterstützte kranke und schwache Menschen. Seine Hilfeleistung erfolgte meist heimlich und inkognito. Hin und wieder stellte der einfallsreiche König seine Untertanen vor Prüfungen und belohnte den Sieger entsprechend. Viele nannten ihn wegen seiner außergewöhnlichen Ideen auch *König Schelm*.

Eines Tages hatte der König wieder einmal einen seiner schelmischen Einfälle. Ihm war bekannt, dass viele Händler und Reisende in sein Königreich kommen würden. Darunter auch arme Bauern, die ihre wenigen Erträge vom Feld verkaufen wollten. So ließ er auf die einzige Straße, die zu seinem Königreich führte, einen großen Haufen Kieselsteine schütten. Um nicht erkannt zu werden, verkleidete er sich als armer Bauer. In einem unbeobachteten Moment versteckte er in den Kieselsteinen einen kleinen Beutel mit geheimnisvollem Inhalt.

Aus seinem nahen Unterschlupf inspizierte er die Menschen, die des Weges kamen. Sowohl arme Bauern als auch reiche hochnäsige Händler. Die meisten liefen um den Kieshaufen herum. Ein paar Passanten versuchten, darüber zu klettern. Dies war schwierig, denn die Steine kamen ins Rollen und brachten die Menschen zu Fall. Andere blieben schimpfend vor dem Steinhaufen stehen:

»Warum sorgt der König nicht dafür, dass wir sein Reich auf einer ordentlichen Straße erreichen?«

Fluchend führten sie ihre Pferde und Karren am Kieshaufen vorbei. Keiner von ihnen kam auf die Idee, die kleinen Steine aus dem Weg zu räumen. Schließlich kam ein armer Bauer des Weges. Er schob eine marode Karre mit Obst und Gemüse vor sich her. Als er den Kieshaufen erreichte, blieb er stehen. Den Kies mit bloßen Händen beseitigen, das schaffe ich nicht, überlegte er. Mit einem Stück Holz aus meinem Karren könnte es jedoch funktionieren.

Mit einiger Anstrengung schaufelte er den Kies auf seinen Karren, und es dämmerte bereits, als er fertig wurde. Erst ärgerte er sich ein wenig, da er sein Obst und Gemüse jetzt nicht mehr verkaufen konnte. Aber dann dachte er: Wer weiß, wofür es gut ist. Ich verkaufe meine Ware halt einen Tag später. Unter den letzten Schaufeln Kies entdeckte er plötzlich einen kleinen Lederbeutel. Neugierig öffnete er seinen Fund und erblickte drei goldene Münzen. Außerdem enthielt der Beutel eine Notiz des Königs. Darauf stand:

»Ich, der König, bestimme, dass derjenige, der den Kies von der Straße räumt, ihn behalten darf. Zusätzlich erhält derjenige als Belohnung drei Goldmünzen.«

Der arme Bauer konnte sein doppeltes Glück kaum fassen. Ihm gehörten die Steine, die er verkaufen konnte, und zusätzlich die Goldstücke. Er war für den Rest seines Lebens versorgt und musste sich nie mehr sorgen, wovon er seine Familie ernähren sollte.

Und der König?

Der beobachtete das Geschehen aus seinem Unterschlupf. Es war ihm eine große Genugtuung, dass der Geldsegen einem armen Bauern zugutekam und nicht etwa einem der reichen, hochnäsigen Händler. *König Schelm* hatte wieder einmal einen Menschen glücklich gemacht.

Lichtblicks Gedanken

Jedes noch so große Hindernis oder Problem auf unserem Weg ermöglicht uns, unser Leben zu verbessern. Auch wenn es vielleicht nicht danach aussieht. Es ist nicht sinnvoll, allen auf unseren Wegen liegenden Steinen aus dem Weg zu gehen. Manchmal lohnt es sich, sie beiseitezuschaffen. Wenn es uns nicht alleine gelingt, können wir uns Unterstützung suchen. Es liegt an uns, wie wir uns entscheiden: anpacken oder weitergehen.

»Auch aus Steinen, die einem in den Weg gelegt werden,
kann man Schönes bauen.«
Johann Wolfgang von Goethe, Dichter, 1749–1832

Bedrückende Worte

Es war einmal … eine junge Frau, die sich seit längerer Zeit nicht wohlfühlte. Tagtäglich litt sie unter Schmerzen, vor allen in den Schultern. Ärzte konnten ihr nicht helfen. Nach zahlreichen Untersuchungen kam jeder Arzt zu dem Ergebnis, dass sie körperlich und organisch völlig gesund sei.

»Aber da muss was sein«, schluchzte die verzweifelte Frau und verließ wieder einmal ratlos eine Arztpraxis. »Ich bilde mir die Schmerzen doch nicht ein.«

Schmerzerfüllt fiel sie in ihr Bett und weinte sich in den Schlaf.

Mitten in der Nacht schreckte sie aus dem Schlaf hoch. Ihr war, als wäre sie nicht alleine im Raum. Nachdem sich ihre Augen an die Dunkelheit gewöhnt hatten, nahm sie neben ihrem Bett eine wunderschöne Lichtgestalt wahr.

»Hab keine Angst«, sagte die Fee mit vertraut wirkender Stimme. »Ich bin die gute Fee der tausend Krankheiten. Ich kann dir helfen, deine Schmerzen zu besiegen. Beschreibe mir, was du empfindest, und ich werde dir helfen.«

Die junge Frau zögerte. Träumte sie das alles? Dann fasste sie Mut und erzählte:

»Mein gesamtes Leben fühlt sich an wie eine tonnenschwere Last. Sie liegt auf meinen Schultern, und ich muss dieses Gewicht ertragen. Aber lange schaffe ich es nicht mehr. Ich warte auf den Tag, an dem ich endgültig unter der Last zusammenbreche.«

»Liebe Frau«, antwortete die gute Fee. »Das kann nicht sein. Das Leben ist leicht wie eine Feder. Daher kommen deine Schmerzen bestimmt nicht.«

»Aber woher sollen sie sonst kommen? Was muss ich denn alles unternehmen, damit mir endlich geholfen wird?«, schluchzte die junge Frau und weinte leise vor sich hin. »Auch jetzt, während wir uns unterhalten, muss ich die Schmerzen ertragen.«

Die gute Fee nahm die Hände der jungen Frau in die ihren.

»Weißt du, meistens sind wir es selbst, die uns die Last auf unsere Schultern laden. Dadurch entstehen die Schmerzen, unter denen wir zutiefst leiden und uns täglich quälen.«

»Aber, ich muss….«

Die junge Frau konnte den Satz nicht beenden, denn die gute Fee fiel ihr ins Wort.

»Sprich nicht weiter. Dieses *Aber* und *Muss* wiegt alleine schon mehr als eine Tonne auf deinen Schultern. Kein Wunder, dass du ständig Schmerzen verspürst. Versuche, ohne diese Wörter zu leben, und es wird dir täglich besser gehen.«

Am nächsten Morgen erwachte die junge Frau. War es ein Traum oder hatte sie vergangene Nacht mit einer Fee gesprochen? Als sie vorsichtig aus dem Bett stieg, spürte sie zum ersten Mal seit langen Jahren weniger Schmerzen. Sie freute sich, dass sie aufstehen *durfte* und nicht *musste*. Ein *Aber* war auch nicht in der Nähe, und so erlebte die junge Frau einen fast schmerzfreien Tag ohne *Aber* und *Muss*.

Lichtblicks Gedanken

Mit unserer Wortwahl setzen wir uns oft selbst unter Druck. »Ich muss schnell das erledigen …« Besser wäre: »Ich werde schnell das erledigen …« Gesteigert wird dies noch mit dem Wörtchen »aber«. »Aber ich muss erst …« Mit dem Wort »aber« wird zusätzlich ein Konflikt produziert, der gar nicht vorhanden ist. Sicherlich werden körperliche Schmerzen nicht verschwinden, indem wir gewisse Wörter in unserem Wortschatz meiden. Es könnte jedoch sein, dass wir uns unnötigen und unbewussten Leistungsdruck ersparen.

»Krankheit ist blockierte Energie.«
Andreas Tenzer, Philosoph, *1954

Der Penner

Es war einmal … eine junge Frau. Sie war auf dem Weg zur Bahn, die sie pünktlich zur Arbeit bringen sollte. Kurz vor dem Bahnhof sah sie einen Mann auf einer Wiese liegen.

Die Menschen liefen an ihm vorbei. Manche schüttelten den Kopf. Keiner kümmerte sich um ihn. Es war Herbst, die Tage wurden kürzer und der Boden kühlte bereits aus.

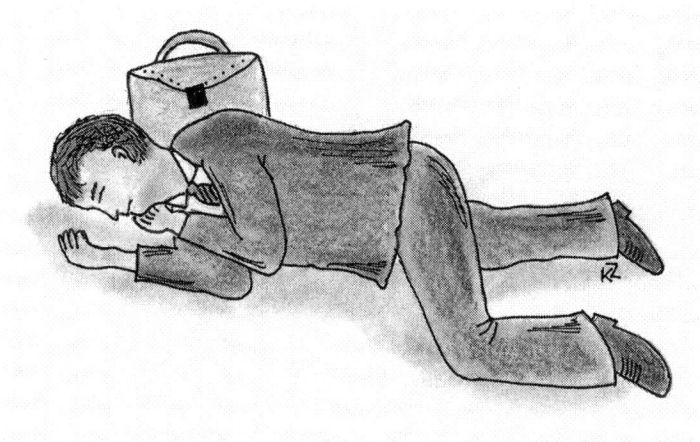

Wie lange der Mann wohl schon dort liegt, fragte sich die junge Frau und blieb stehen.

»Laufen Sie weiter, das ist ein Penner, der seinen Rausch ausschläft«, hörte sie die Menschen sagen, die vorbei eilten.

»Schlimm, was der Alkohol aus Menschen machen kann«, wetterte ein Mann.

»Bestimmt hat er sein letztes Geld in Alkohol investiert«, mutmaßte eine Frau, die auf ihren Stöckelschuhen laut davon stelzte.

Die junge Frau stutzte. Der Mann sah nicht aus wie ein Penner. Er war gut gekleidet. Sie näherte sich ihm.

»Lassen Sie ihn, der wacht schon wieder auf aus seinem Rausch«, hörte sie Stimmen hinter sich.

Der Mann wirkte gepflegt. Sie bückte sich zu ihm runter. Er war frisch rasiert und roch auch nicht nach Alkohol.

»Er ist nicht betrunken«, sagte sie zu den Menschen. »Helfen Sie mir, er ist bewusstlos.«

Doch die Menschen liefen weiter – eine Bahn fuhr gerade in den Bahnhof ein. Sie zu erreichen, war wichtiger für sie, als einem anderen zu helfen.

Ein älterer Herr stand plötzlich neben ihr. »Ich war viele Jahre lang Krankenpfleger. Lassen Sie mich sehen.«

Beide brachten den Mann in die stabile Seitenlage. Die junge Frau forderte telefonisch einen Krankenwagen an.

Es dauerte nicht lange und der Notarztwagen traf ein. Ein Arzt untersuchte den Mann. Sie fanden eine Kette um seinen Hals. Er war Diabetiker.

»Der Mann hat Unterzucker, deshalb wurde er ohnmächtig. Gleich geht es ihm besser«, erklärte der Arzt und zog eine Spritze auf.

Wenige Augenblicke, nachdem die Spritze ihre Wirkung zeigte, öffnete der Mann seine Augen.

»Dankeschön« stammelte er. »Das ist mir schon einmal passiert und die Menschen haben sich nicht um mich gekümmert. Darf ich mich vorstellen? Ich bin Professor an der hiesigen Universität.«

Die junge Frau kam zu spät zur Arbeit und erhielt eine Strafpredigt von ihrem Vorgesetzten. Es machte ihr nichts aus, sie fühlte sich glücklich und zufrieden.

Lichtblicks Gedanken

»Das geht mich doch nichts an!« Oder: »Was kann ich schon ausrichten?«, so sind oft die Gedanken der Menschen, die in brenzligen Situationen einfach den Kopf wegdrehen und weitergehen.

»Wegsehen« verbreitet sich immer mehr. Dabei ist jeder Mensch gemäß Strafgesetzbuch verpflichtet, anderen in lebensbedrohlichen Situationen zu helfen. Ist es denn so schwer, das Handy, das so gut wie jeder hat, in die Hand zu nehmen und Hilfe anzufordern?

»Unser Nächster ist jeder Mensch,
besonders der, der unsere Hilfe braucht.«
Martin Luther, Theologe und Reformator, 1483–1546

Problem sucht Lösung

Es war einmal … ein nicht lösbares Problem. Herr Problem grübelte den ganzen Tag über eine Lösung nach. Warum finde ich keine Lösung, fragte er sich und bemerkte nicht, dass Frau Lösung ihm immer wieder dicht auf den Fersen war. Doch kaum dachte Frau Lösung: Gleich habe ich das Problem erreicht, da war Herr Problem schon auf und davon.

Als Herr Problem wieder einmal vor sich hin sinnierte, um eine Lösung für sein Problem zu finden, war Frau Lösung zum Greifen nahe. Sie berührte ihn fast, jedoch gab Herr Problem kurz vor dem Ziel erneut auf. Frau Lösung war verzweifelt. Alles könnte so einfach sein, wenn Herr Problem nicht ständig vor seinen Problemen davon liefe. Wie sollte sie ihn jemals einholen? Ständig müsste sie ihm hinterherrennen. Und so suchte Frau Lösung Unterstützung bei Herrn Verstand und Frau Geduld.

Frau Geduld schlug vor: »Frau Lösung, Sie sollten geduldiger sein. Irgendwann ist Herr Problem bereit für die Lösung, glauben Sie mir.«

Herr Verstand war allerdings anderer Meinung: »Wir sollten die Sache mit Verstand anpacken. Lasst uns gemeinsam einen Plan machen«, schlug er vor. »Fakt ist, Herr Problem richtet seine Aufmerksamkeit zu sehr auf sein Problem. Dadurch wird das Problem größer und größer, und die Lösung hat keine Chance auf Erfolg. Deshalb schlage ich vor, wir warten ab, bis Herr Problem tief und fest schläft. Anschließend nähert sich Frau Lösung dem Problem sachte, und das Problem wird gewissermaßen im Schlaf gelöst«, verkündete Herr Verstand stolz.

Mit dem Vorschlag waren alle einverstanden. Frau Lösung, Herr Verstand und Frau Geduld lauerten in der Nähe von Herrn Problem. Frau

Geduld bemerkte es als erste: »Herr Problem gähnt und ist kurz vor dem Einschlafen. Los geht's.«

Auf Zehenspitzen näherte sich Frau Lösung Schritt für Schritt dem schlafenden Herrn Problem und flüsterte in sein Ohr: »Denke nicht mehr an dein Problem. Es wird immer kleiner und unbedeutender, denn ich – die Lösung – bin dir ganz nahe. Benutze deine gesamte Energie, um nur noch an die Lösung zu denken«.

Herr Problem lächelte verträumt im Schlaf. Gerade in dem Moment, als Frau Lösung versuchte, an seinen Händen vorbeizuschleichen, nieste Herr Problem herzhaft. Einmal. Zweimal. Dreimal insgesamt. Und war hellwach. Als er sich die Nase putzte, nahm er endlich Frau Lösung wahr, lachte laut auf und sagte:

»Was bin ich nur für ein dummes Problem. Ich halte die Lösung schon die ganze Zeit in den Händen.«

Lichtblicks Gedanken

Manchmal ist die Lösung zum Greifen nahe, aber wir sehen sie nicht. Das hat bestimmt jeder schon einmal erlebt. Oder wir wachen früh morgens auf und haben die Problemlösung parat. Oft würden wir am liebsten vor dem Problem weglaufen, jedoch vergrößert jeder Schritt die Entfernung zur Lösung. Manches Problem weist uns aber auch den Weg in die richtige Richtung.

»Vor einem Problem wegzulaufen,
vergrößert nur die Entfernung zur Lösung.«
Autor unbekannt

68

Der kleine Spatz

Teil 1

Es war einmal … ein kleiner, drolliger Spatz. Er lebte in einem großen Park, zusammen mit vielen anderen Spatzen und anderen heimischen Vögeln.

Leider war er bei seinen Artgenossen nicht sonderlich beliebt. Vielleicht lag es daran, dass er etwas schwerfälliger war. Oder sie mochten sein struppiges Gefieder nicht. Ein Flügel stand etwas ab, seit er sich in einem Netz verfangen hatte. Er hatte die Absicht gehabt, an den ersten roten Erdbeeren zu naschen, jedoch hatten die Menschen ein grünes Netz über die Pflanzen mit den süßen Früchten gespannt. Leider hatte er das Netz zu spät bemerkt und sich mit einem Flügel darin verheddert. Er hatte aufgeregt gepiepst und nervös mit den Flügeln geschlagen. Seine Situation hatte sich dadurch nicht im Geringsten verbessert.

Mit seinem Gezeter hatte er die Aufmerksamkeit nicht nur von den anderen Vögeln, sondern auch von den Menschen auf sich gelenkt. Ein kleines Mädchen half ihm schließlich behutsam aus dem Netz.

»Hab keine Angst, kleiner Vogel«, sagte es beruhigend.

Der kleine Vogel verstand kein Wort. Sein Herz klopfte wie verrückt und er hatte Angst, ohnmächtig zu werden. Er war vor Schreck wie erstarrt. Das kleine Mädchen nahm ihn behutsam in ihre Hände und setzte ihn auf einen kleinen Ast. Es redete eine Weile auf ihn ein und ging schließlich fort. Er erholte sich zögernd von dem Erlebnis. Zurück blieb ein verletzter Flügel, der ihm beim Fliegen behinderte. Wegen seines Gewichtes und dem verletzten Flügel konnte er nicht so schnell und hoch fliegen wie die anderen. Die anderen Vögel erhaschten meistens das beste Futter. Wenn der kleine Spatz endlich eintrudelte, blieben ihm die Körner, die die anderen übrig gelassen hatten.

Eines Tages flog der kleine Spatz wie immer gemütlich zur Futterquelle. Wo sind denn die anderen, fragte er sich. Haben die keinen Hunger? Sie haben doch bestimmt mitbekommen, dass es frisches Futter gibt. Ganz allein saß er in dem Vogelhäuschen und pickte in aller Seelenruhe das Futter auf. Was für ein Genuss, die besten Körner zu

bekommen, dachte er. Das ist mir bisher nie passiert. Leider bemerkte er nicht, dass um ihn herum völlige Stille herrschte. Es war gewissermaßen *verdächtig* ruhig. Kein einziger Vogelpieps war zu hören. Die anderen Vögel hatten sich in den Bäumen versteckt und hielten den Schnabel. Bestimmt sind sie alle miteinander unterwegs und haben mich nicht mitgenommen, weil ich ihnen zu schwerfällig bin, dachte der kleine Spatz und verspeiste ein Körnchen nach dem anderen.

Vertieft in seine Mahlzeit bemerkte er nicht, dass sich eine dicke Katze immer näher an den Futterplatz heranschlich. Sie lauerte keinen Meter entfernt von ihm. Ein einziger Sprung und sie würde das Vögelchen zwischen den Zähnen halten.

Eine gespenstische Stille lag in der Luft. Schließlich geschah es.

Lichtblicks Gedanken

Das kommt vielen Menschen sicherlich bekannt vor: Oft werden wir in den Augen der anderen herabgestuft oder gemieden, weil wir nicht ihrem Idealbild entsprechen.

»Urteile nie über einen anderen,
bevor du nicht einen Mond lang
in seinen Mokassins gelaufen bist.«
Indianisches Sprichwort

Der kleine Spatz

Teil 2

Es war einmal … ein kleiner Spatz. Er wunderte sich, dass er allein am Futterplatz saß und sich in Ruhe die köstlichsten Körner schmecken lassen konnte. Kein anderer Vogel weit und breit war zu sehen. Er wusste nicht, dass sich seine Artgenossen in Sicherheit gebracht hatten und die brenzlige Situation von den höchsten Baumwipfeln aus mit verfolgten.

Der kleine Vogel hatte nichts davon mitbekommen, dass eine dicke Katze ihn belauerte und mit wachsamem Blick beobachtete. Der Jagdinstinkt in ihr war längst geweckt.

Schließlich geschah es. Die Katze setzte *nicht* zum Sprung an. Denn sie war müde und träge und verspürte weder Appetit noch Hunger. Hätte ich nicht erst vor einer halben Stunde vom Frauchen eine ordentliche Portion Futter bekommen, würde ich den lebensmüden Vogel jetzt jagen oder ihn zumindest erschrecken. Mit dem dicken Bauch fühle ich mich jedoch nicht wohl genug, um das Vögelchen zu fangen, dachte die Katze. Allerdings fand sie es ungewöhnlich, dass der Vogel nicht Reißaus vor ihr nahm. Das konnte nur eines bedeuten: Er war entweder krank, taub oder blind.

Der kleine Spatz bekam von der Gefahr nichts mit. Er pickte ein Körnchen nach dem anderen und verspürte ein nie erlebtes Glücksgefühl. Bekam er sonst doch immer nur die übrig gebliebenen Körner.

Als er satt war, flog der kleine Vogel glücklich davon. Die Katze hatte er immer noch nicht wahrgenommen. Kaum saß er auf einem Ast, kamen nacheinander die anderen Vögel zum Vorschein. Keiner verriet, wo sie sich in der Zwischenzeit aufgehalten hatten. Er fragte auch nicht nach, denn er war es gewohnt, Außenseiter zu sein.

Allerdings veränderte sich das Leben des kleinen Spatzen ab diesem Tag. Wenn er zur Futterquelle flog, rückten die anderen Vögel zur Seite, damit auch er Platz hatte. Selbst wenn er als letzter eintrudelte, bekam er ein paar Leckerbissen ab. Er verstand nicht, warum plötzlich

alle nett zu ihm waren, aber er freute sich riesig darüber. Manchmal nahmen sie ihn auch zu einem kurzen Ausflug mit. Der kleine Vogel war zwar immer noch der schwerfälligste von allen, doch wurde er von den anderen endlich respektiert. Für sie war er zum Vorbild geworden, weil er so *mutig* war.

Lichtblicks Gedanken

Pass gut auf dich auf, kleiner Vogel ... nicht immer ist die Katze satt!

Zu unserem Leben gehört einfach auch hin und wieder eine große Portion Glück. Wenn wir allerdings Pech haben, merken wir das sofort. Dass uns dennoch das Glück hold war, wird uns erst viel später oder, wie im Fall des kleinen Spatzen, überhaupt nicht bewusst. Manchmal denken wir auch zu viel nach, anstatt zu leben, glücklich zu sein und alles auf uns zukommen zu lassen.

»Wer die Kostbarkeit des Augenblicks entdeckt,
findet das Glück des Alltags.«

Adalbert Stifter, österreichischer Schriftsteller, 1805–1868

Die Suche nach dem Glück

Es war einmal ... ein wohlhabender König. Er hatte alles, was er sich wünschte: eine liebe Frau, wohlgeratene Kinder, ein schönes großes Schloss, viele Bedienstete, ein Volk, das ihm zugetan war und eine Schatzkammer voller Gold. Dennoch war er betrübt und fühlte sich unglücklich. Immer öfter fragte er sich: Was ist Glück?

Eines Tages verkleidete er sich als einfacher Edelmann und ritt mit seinem Pferd aufs Geratewohl los. Unterwegs traf er einen Bauern auf dem Feld arbeitend an.

»Du, Bauer«, rief er dem fleißigen Mann zu, »kannst du mir sagen, was für dich Glück ist?«

Der Bauer überlegte kurz und antwortete:

»Glück ist für mich, wenn kein Unwetter kommt und ich eine gute Ernte habe, um meine Familie über den Winter zu bringen.«

Der König ritt weiter. Er traf eine Heilerin, die zu Fuß in das nächste Dorf unterwegs war.

»Du, Heilerin«, rief der König, »kannst du mir bitte sagen, was für dich Glück bedeutet?«

Die Heilerin strahlte und antwortete:

»Glück ist für mich, neue Heilkräuter zu finden, um kranken Menschen helfen zu können. Mein Glück ist auch das Glück vieler anderer.«

Der König bedankte sich bei der Heilerin und ritt weiter. Gegen Abend kam er zu einer Schenke.

»Du, Wirt«, sagte der König. »Was bedeutet Glück für dich?«

Der Wirt überlegte kurz und antwortete:

»Wenn meine Wirtsstube jeden Tag voll wäre, hätte ich richtig Glück und müsste nicht jeden Taler zweimal umdrehen.«

Der König übernachtete in der Schenke und ritt am nächsten Morgen weiter. Da sah er einen Kaufmann mit einem Wagen voller edler Stoffe entgegenkommen.

»Du, Kaufmann«, fragte der König, »kannst du mir sagen, was Glück für dich bedeutet?«

»Was für eine seltsame Frage«, antwortete der Kaufmann. »Glück ist für mich, wenn ich heute auf dem Markt meine komplette Wagenladung verkaufe. Jedoch war mir das Glück noch nie hold.«

Der König gab seinem Pferd die Sporen und ritt weiter. Da erblickte er ein kleines Mädchen in einer Blumenwiese. Es hatte bereits viele Blumen gepflückt und trug einen wunderbaren Strauß in der Hand.

»Du, Mädchen«, rief ihr der König zu. »Kannst du mir verraten, was Glück für dich bedeutet?«

»Lieber Edelmann«, sagte das Kind. »Diese Blumen pflücke ich für meine Mama, die seit der Geburt meines Brüderchens krank im Bett liegt. Für mich wäre es das allergrößte Glück, wenn sie schnell wieder gesund würde.«

Der König war beeindruckt. Jetzt wusste er, dass er ein glücklicher König war. Alle seine Lieben waren gesund. Sie hatten ein Dach über den Kopf und immer genügend zu essen.

Lichtblicks Gedanken
Sicher kennt jeder von uns Glück in irgendeiner Art und Weise. Glück ist, gesund zu sein. Glück ist, einen Job zu haben. Glück ist, einen lieben Partner an der Seite zu haben. Glück ist, Kinder zu haben. Glück ist, ein Dach über dem Kopf zu haben. Glück ist, gute Freunde zu haben.

Glück ist eine Sache der Wahrnehmung. Was dem einen selbstverständlich erscheint, ist für den anderen Glück. Ein positiver Mensch erlebt mehr Glücksmomente als der Pessimist. Es liegt an uns, ob wir das Glück an uns heranlassen und es wahrnehmen.

»Es gibt keinen Weg zum Glück.
Glücklich sein ist der Weg.«
Siddhartha Gautama Buddha,
Begründer des Buddhismus

Schadenfreude

Es war einmal ... ein Mädchen namens Annette. Sie war immer schon kräftiger und stärker gebaut als gleichaltrige Mädchen. Im Grunde genommen fühlte sie sich wohl in ihrem Körper. Es waren die anderen, die meinten, dass sie zu dick war. Manche taten dies dezent, andere sehr verletzend. Auch ein Nachbarsjunge, selbst klapperdürr, rothaarig und mit vielen Sommersprossen, demütigte sie oft. Ging Annette von der Schule heim, lauerte er ihr mit anderen Jungs auf und verhöhnte sie.

»Vorsicht, heiß und fettig«, riefen sie. Oder: »Annette, die Fette.« Dazu bliesen die Jungs ihre Backen weit auf.

Annette schämte sich wegen ihres Aussehens. Meistens rannte sie schnell davon und weinte. Sie hatten alle recht, sie war dicker als andere Mädchen in ihrer Klasse. Vielleicht lag es auch daran, dass sie viel kleiner war als die Mädchen ihres Jahrgangs.

Jahre vergingen und das Mädchen schoss in die Höhe. Sie bewegte sich mehr als früher und schaffte es ohne große Anstrengungen, ihr Normalgewicht zu erreichen. Mittlerweile pfiffen die Jungs anerkennend hinter ihr her. Die Zeiten der bösartigen Kommentare waren vorbei.

Da sie zwischenzeitlich ein Gymnasium in einer anderen Stadt besuchte, hatte sie den Nachbarsjungen lange nicht gesehen. Umso überraschter war sie, als er ihr eines Tages auf der Straße begegnete. Sie erkannte ihn zuerst nicht und musste mehrmals hinschauen, denn aus dem klapprig dünnen Jungen war ein übergewichtiger, pickliger Teenager geworden. Als er Annette erkannte, grüßte er sie mit kurzem Nicken, sein Blick war allerdings verlegen auf den Boden gerichtet. Sie spürte seine Unsicherheit und sein Schamgefühl, und düstere Erinnerungen stiegen in ihr hoch. Sie spürte ein Gefühl der Schadenfreude, eine kleine Genugtuung für die jahrelangen verbalen Folterungen. Wie oft hatten der Junge und seine Freunde sie verspottet, und genauso oft waren Tränen gelaufen wegen ihnen.

Sie merkte allerdings rasch, dass ihre Schadenfreude nur von kurzer Dauer war, denn eigentlich spürte sie eher Mitleid mit dem pubertie-

renden Knaben. Er war damals ein Kind und zusammen mit anderen Kindern fühlte er sich stark und schloss sich deren Gespött an. Wer weiß, vielleicht hatte sie als Kind unbewusst ebenfalls andere Menschen verletzt. Sie wollte nicht nachtragend sein. Im Gegenteil: Sie wünschte ihm, dass er sein Gewicht wieder in den Griff bekam. Denn wenn jemand wusste, wie sehr man unter Spott leiden kann, dann sie.

Ist es nicht merkwürdig? Irgendwann bekommt man im Leben alles zurück!

Lichtblicks Gedanken

Das Leben ist wie ein Bumerang. Was du gibst, das kommt auch zu dir zurück. Vielleicht denken einige Leser »geschieht ihm recht« und empfinden Genugtuung. Das hat er so verdient. Früher hörte man öfters den Satz: »Was du nicht willst, das man dir tu, das füg auch keinem andern zu.«

Was ist Schadenfreude? Ist es ein Gefühl, das aufkommt, wenn wir uns über das Unglück oder Missgeschick anderer Menschen erfreuen? Meistens sind Menschen, die Schadenfreude empfinden, von einem anderen ungerecht behandelt worden. Bekommen sie mit, dass der Schädigende ebenfalls leidet, entsteht das Gefühl der Schadenfreude.

»Die beste Art, sich an jemand zu rächen,
ist, es ihm nicht gleichzutun.«

Marc Aurel, Kaiser und Philosoph, 121–180

Des Maharadschas Traum

Teil 1

Es war einmal … ein Maharadscha, der im traumhaften Indien lebte. Er war glücklich und zufrieden mit seinem Leben. Seine liebende Frau gebar ihm fünf Kinder, welche alle wohl gerieten. Er hatte keine gesundheitlichen oder finanziellen Probleme. Alles war gut. Bis auf eine Sache. Jede Nacht quälte ihn ein schlimmer Traum: Ihm würden alle Zähne ausfallen. Früh morgens wachte er schweißgebadet auf und wusste nicht, was er davon halten sollte.

Eines Tages hörte er, dass sich ein Traumdeuter in seinem Reich aufhielt, und ließ nach dem Mann schicken. Es dauerte nicht lange, und ein junger Seher stellte sich vor. Als er von dem Traum des Maharadschas erfuhr, ließ er sich entsetzt auf einem Sessel nieder.

»Was für ein Unglück, Eure Majestät« flüsterte der junge Mann, und sämtliche Farbe wich aus seinem Gesicht. »Wissen Sie denn nicht, dass jeder verlorene Zahn den Verlust eines Angehörigen bedeutet? Es tut mir so leid für Sie.«

Der Maharadscha war schockiert und wütend zugleich. Was für ein unfähiger und beleidigender Mensch! Er verbannte den Traumdeuter ohne Entlohnung aus seinem Königreich. Sein Albtraum von den ausfallenden Zähnen nahm jedoch kein Ende. Nacht für Nacht quälte er sich damit. Viele Wochen später besuchte eine Traumdeuterin das Reich des Maharadschas. Als dieser davon erfuhr, ließ er nach ihr schicken. Die Traumdeuterin stellte sich als ältere, weise Frau heraus, und auch ihr erzählte er von seinen nächtlichen Albträumen. Die Traumdeuterin strahlte übers ganze Gesicht.

»Sie haben großes Glück Eure Majestät. Ihr Traum bedeutet, dass Sie alle Ihre Angehörigen überleben werden.«

Der Maharadscha freute sich und war sichtlich erleichtert. Zum Dank übergab er der alten Frau einige Goldstücke. Viele Wochen später trafen sich der junge Traumdeuter und die alte Traumdeuterin zufällig in einem anderen Königreich. Als sie ihre Erfahrungen mit dem Maharadscha und seinem Albtraum austauschten, sagte der junge Mann:

»Ich verstehe das nicht. Ich habe den Traum des Maharadschas nicht anders gedeutet als du, mich aber hat er aus seinem Reich verbannt.«

»Du hattest vollkommen recht mit deiner Deutung«, sagte die Traumdeuterin und lachte. »Es kommt allerdings darauf an, mit welchen Worten man sie sagt.«

Lichtblicks Gedanken

»Erst denken, dann reden.« Diesen wohlgemeinten Rat bekommen viele Kinder in ihrer Erziehung zu hören. *Es ist gar nicht so einfach, stets die richtigen Worte mit Bedacht zu wählen. Erschwerend kommt hinzu, dass wir nicht zu jeder Person sofort »einen Draht« finden. Unsere Worte können bei verschiedenen Menschen völlig unterschiedlich ankommen.*

Mit unseren Worten können wir versuchen, gleiche Aussagen wesentlich positiver zu artikulieren. »Das geht bestimmt daneben und wird nichts« klingt wesentlich pessimistischer, als wenn man es mit den Worten »bis auf wenige Ausnahmen funktioniert sicherlich alles gut« ausdrückt.

Unsere an Menschen gerichteten Worte hinterlassen immer einen Eindruck: Ob positiv oder negativ – dafür sind wir selbst verantwortlich.

»Wer die Macht der Wörter nicht kennt,
kann auch die Menschen nicht kennen.«
Konfuzius, chinesischer Philosoph, 551– 479 v. Chr.

Des Maharadschas Traum

Teil 2

Es war einmal … ein Maharadscha, dessen Nächte durch quälende Träume äußerst kurz waren. Er träumte immer wieder, dass ihm alle Zähne ausfallen.

Zwar beruhigte ihn kurzzeitig eine Traumdeuterin, er brauche seinen Traum nicht zu fürchten. Denn er, der Maharadscha, würde alle seine Angehörigen überleben. Es dauerte eine gewisse Zeit, bis der Maharadscha die wahre Bedeutung der Worte verstand.

Würde er wirklich alle seine Angehörigen verlieren? Seine über alles geliebte Frau und engste Vertraute und seine fünf Kinder, die er jeden Tag mit Stolz und Liebe betrachtete? Aus Angst ließ er seine Familie rund um die Uhr bewachen, damit ihr kein Leid geschehen konnte. Die besten Heiler des Reiches gaben sich die Klinke in die Hand, um seine Familie vor Krankheit zu schützen. Die Angst um seine Lieben beherrschte sein Leben. Täglich nahm er Abschied von ihnen, als wäre es das letzte Beisammensein.

Zum Glück unterstützte ihn sein ältester Sohn bereits bei den Regierungsarbeiten. Manchmal kamen sie sich ins Gehege, weil Jung und Alt verschiedene Ansichten hatten. Jedoch würde er seinem Sohn schon noch beibringen, die richtige Sichtweise zu haben.

Eines Tages gab es große Aufregung im Reich. Eine Wahrsagerin gastierte in der Nähe seines Palastes. So manchem Menschen seines Volks schien sie keine gute Prognose im Hinblick auf dessen Zukunft gegeben zu haben.

Es dauerte nicht lange und das Volk klagte die Wahrsagerin an. Am Tag ihrer Verurteilung stand sie vor dem Maharadscha und rief in die Menschenmenge: »Werde ich bestraft, weil ich bei meinen Vorhersagen bei der Wahrheit bleibe? Ich kann und werde nicht lügen. Wahrsagen ist meine Berufung.«

Zum Ärgernis seines Volkes entschied der Maharadscha, die Wahrsagerin nicht zu bestrafen, sondern sie nur des Landes zu verweisen. Das Urteil überraschte sowohl das Volk als auch die Wahrsagerin. Zum Dank für seine Güte bot sie ihm an, seine Zukunft vorherzusagen. Nach langem Zögern ließ der Maharadscha sich darauf ein.

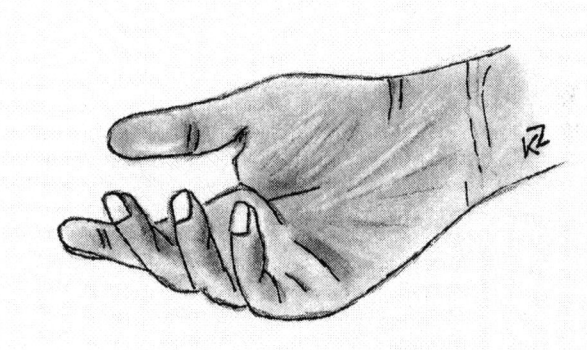

Die Wahrsagerin nahm seine Hand und zeichnete mit dem Finger die Lebenslinien nach. Sie wirkte sehr entspannt, aber auch sehr konzentriert.

»Verzeiht bitte, ehrwürdiger Maharadscha. Ich würde Euch von Herzen gern aus der Hand lesen. Allerdings überschatten große Ängste Euer Leben. Ich kann kaum etwas erkennen«, sagte sie behutsam. »Was belastet Euch?«

Der Maharadscha erzählte von seinem immer wiederkehrenden Traum und seinen Verlustängsten um seine Familie.

Die Wahrsagerin wirkte erleichtert. »Ehrwürdiger Maharadscha, ich kann Euch die Angst nehmen. Euer Traum bedeutet nicht den

Tod Eurer Angehörigen. Euer Traum bedeutet einen bevorstehenden Wandel in Eurem Leben. Ihr steht vor einem neuen Lebensabschnitt, wollt ihn aber nicht akzeptieren, deshalb quält Euch jede Nacht dieser Traum. Denkt darüber nach, ob Ihr bereit seid, in Eurem Leben etwas zu verändern.«

Der Maharadscha war sehr erstaunt, denn er spielte schon lange mit dem Gedanken, das Zepter an seinen ältesten Sohn zu übergeben. Er selbst könnte dadurch mehr Zeit mit seiner Familie verbringen. Bislang zögerte er, weil er unsicher war, ob der Sohn die nötige Reife für so ein verantwortliches Amt hatte.

»Ich danke dir, liebe Wahrsagerin«, sagte er, »du hast mir die Augen geöffnet. Ich werde darüber nachdenken.«

Der Maharadscha handelte schnell und übergab sein Amt dem ältesten Sohn.

Von diesem Tag an hörten seine Albträume auf.

Lichtblicks Gedanken
Kein Mensch braucht sich zu fürchten, wenn er von ausfallenden Zähnen träumt. Leben bedeutet Wandel. Es kommen immer wieder Momente in unserem Leben, in denen wir bereit sein sollten, uns vom bisherigen Leben zu lösen und uns auf einen neuen Weg zu begeben.

»Wir können den Wind nicht ändern,
aber die Segel anders setzen.«
Aristoteles, griechischer Philosoph, 384–322 v. Chr.

Sein letzter Tag

Es war einmal … ein Mann, der glaubte, alles verloren zu haben. Er verspekulierte sich mit Aktien und war von einer Minute auf die andere hoch verschuldet. Er stellte einen Insolvenzantrag. Der nächste Schritt würde die Entlassung seiner Mitarbeiter bedeuten und der Verkauf seines Wohnhauses. Seine Kinder könnten die Privatschule nicht mehr besuchen und das Schlimmste: Er wusste nicht, wie er dies alles seiner Familie beibringen sollte. Vor aller Welt stand er als Versager da. Er schämte sich, und seine Familie würde sich auch für ihn schämen. Seine Neider gönnten ihm bestimmt diesen Abstieg und würden ihn ihre Genugtuung gewaltig spüren lassen. Jedoch würde es gar nicht erst so weit kommen. Er beabsichtigte, sich am nächsten Tag das Leben zu nehmen. Das wäre das Beste für seine Familie und für ihn.

An seinem letzten Tag stand er früh auf. Er bereitete das Frühstück für seine Frau und die Kinder. Sie saßen gemeinsam am Tisch, scherzten und lachten. Er konnte sich kaum sattsehen an seinen wohlgeratenen Kindern und seiner hübschen Frau. Wie selten frühstückten sie miteinander. Jetzt erst wurde ihm bewusst, wie sehr er dieses Gefühl der Gemeinsamkeit vermisste. Die Firma stand immer an erster Stelle.

Nach dem Frühstück verabschiedete er sich von jedem einzelnen Familienmitglied. Es zerriss ihm beinahe das Herz, Abschied zu nehmen, ohne dass die anderen etwas bemerkten.

Die Familie war der Meinung, er fahre ins Büro. Er fuhr aber zu seinen Eltern aufs Land. Wie lange hatte er sie nicht mehr besucht? Immer und immer wieder hatte er Ausreden erfunden, um sie zu vertrösten.

Auf dem Weg zu den Eltern fuhr er vorbei an Wiesen, Feldern, Wäldern und einem wunderschönen See. Seit langer Zeit hatte er endlich wieder einen Blick für seine Umgebung. Wie konnte er nur die Schönheit der Natur vergessen?

Die Eltern freuten sich, ihn zu sehen. Er war überrascht, wie sehr sie gealtert waren. Sein Vater lief gebeugt, und in Mutters Gesicht zeigten sich viele Sorgenfalten. Sie tranken miteinander Kaffee und genossen Mutters selbst gebackenen Kuchen. Sie erzählten von früher, als er ein kleiner Junge war. Es war ein schöner Nachmittag voller Wärme und Herzlichkeit. Beim Abschied nahm er seine Eltern fest in die Arme. Das hatte er Jahre nicht mehr getan.

Sein nächster Weg führte ihn zur Kirche. Dort besuchte er den Pfarrer. Früher war der Pfarrer sein bester Freund gewesen. Sie hatten die gesamte Schulzeit über nebeneinander auf der Schulbank gesessen. Wann war er das letzte Mal in der Kirche gewesen? Wahrscheinlich bei der Taufe seiner Jüngsten. Er erinnerte sich nicht. Sein Freund empfing ihn voller Herzlichkeit. Sie redeten über vergangene Zeiten, tranken ein Gläschen Wein, und es kam ihm vor, als wären sie nie getrennt gewesen. Trotzdem schaffte er es nicht, seinem Freund von seinen Problemen zu erzählen.

Nach dem Abschied fuhr er zu dem See. An diesem Ort würde er sein Werk vollenden. Er suchte sich eine abseits liegende Bank und beobachtete den herrlichen Sonnenuntergang. Ein verliebtes Pärchen schlenderte Arm in Arm an ihm vorbei. Der Ausblick und die Stille faszinierten ihn. Ein Kätzchen schmiegte sich um seine Beine und schnurrte sanft. Während er den Eindrücken der letzten Stunden nachhing, streichelte er das zutrauliche Tier.

Es war schon fast dunkel, als er eine Entscheidung traf: So wie sein heutiger und als letzter geplanter Lebenstag – so sollten alle Tage seines restlichen Lebens aussehen.

Der Mann stieg in sein Auto und fuhr heim zu seinen Liebsten.

Lichtblicks Gedanken

Sich das Leben nehmen wollen, ist ein Hilfeschrei an sich selbst und alle anderen. Auslöser für solche Gedanken sind oft Versagensängste, Schuld- und Schamgefühle, Krankheiten und vieles mehr. Ein einziges kleines Wörtchen kann den schlimmen Gedanken »ich möchte nicht mehr leben« verändern. Ich möchte »so« nicht mehr leben. Dieses kleine Wort zeigt einem den richtigen Weg: sein Leben zu verändern.

»Wie du am Ende deines Lebens wünschest gelebt zu haben,
so kannst du jetzt schon leben.«
Marc Aurel, Kaiser und Philosoph, 121–180

Die nutzlosen Blätter

Es war einmal … ein wunderschöner romantischer Garten am Rande einer kleinen Stadt. Eine mit Efeu bewachsene Steinmauer schützte ihn vor neugierigen Blicken. Nicht nur Bäume, Sträucher und Blumen fühlten sich darin wohl, auch viele kleine Tiere lebten in diesem Paradies.

Der Goldene Oktober neigte sich bereits dem Ende zu. Manche Nächte waren schon sehr kalt, und alle Pflanzen spürten, dass ein langer, kalter Winter bevorstand. Trotz der tristen Jahreszeit verlor der Garten nichts an seiner Schönheit. Die pinkfarbenen und violetten Astern standen noch immer in voller Blütenpracht. Gelb-orange Chrysanthemen mit schweren Blütenköpfen wiegten sich im Wind und erinnerten an die untergehende Abendsonne. Ab und zu konnte man sogar das Summen einer Biene oder Hummel hören. Unterhalb der vielen im Garten stehenden Bäume wucherte die Herbstzeitlose und überzog den Boden mit blassrosa Blüten. Auch die Blätter der Laubbäume zeigten sich in prächtigsten Farbtönen: von strahlendem Gelb über leuchtendes Orange, von Feuerwehrrot bis hin zu dunklem Rot und Braun. Statt sich jedoch ihres Daseins und der Schönheit ihrer Umgebung zu erfreuen, jammerten die Blätter:

»Bald fallen wir ab und sind zu nichts mehr nutze.«

Das Gejammer der Blätter verstärkte sich, nachdem in der Nacht ein kräftiger Sturm über den Garten hinwegfegte. Beinahe alle bunten Blätter lösten sich von den Zweigen und wirbelten noch eine Zeit lang in der Luft, bevor sie sanft auf dem Gartenboden landeten.

»Jetzt sind wir nutzlos«, klagten die am Boden liegenden Blätter. »Wir werden verwelken und verfaulen.«

Ein Rascheln lenkte sie von ihrem Gejammer ab. Was war das? Ein Igel kam auf sie zu. Er tappte auf seinen kleinen Füßchen durch den Garten, denn es war höchste Zeit, sich ein Winterquartier zu suchen. So spät war er sonst in keinem Jahr dran gewesen.

Der stachelige kleine Kerl wühlte sich durch das bunte Laub und hatte seine helle Freude an den vielen auf dem Boden liegenden Blättern. Er liebte das Rascheln des Laubs. Ab und zu schreckte ein Insekt in den Blättern hoch, das er sich munden ließ.

So viele schöne bunte Blätter, freute er sich. Mit denen decke ich mich zu und mache es mir richtig gemütlich. Das wird das schönste und wärmste Winterquartier, das ich je hatte.

Lichtblicks Gedanken

Auch wenn wir uns manchmal unnütz oder wertlos gegenüber anderen Personen fühlen, sind wir zur selben Zeit unbezahlbar für viele andere Menschen. Wir dürfen es nicht zulassen, unseren eigenen Wert zu verlieren. Jeder einzelne von uns ist wertvoll und wird gebraucht.

»Niemand ist nutzlos in dieser Welt,
der einem anderen die Bürde leichter macht.«
Charles Dickens, Schriftsteller, 1812–1870

Das Schutzengelchen

Es war einmal … ein kleines Schutzengelchen aus Holz mit einem lieblichen Gesicht. Die Flügel bestanden aus Metall, und das Leibchen war handgestrickt.

Seit vielen Monaten lag es in einer dunklen Schublade. Die Besitzerin, eine herzliche Frau, schien es vergessen zu haben.

Dabei begann alles so wunderbar: Die Frau entdeckte das Schutzengelchen auf einem Handwerkermarkt. Sie verliebte sich sofort in dessen Anblick. In Gedanken schrieb sie eine Karte an einen sehr kranken Mann in der Nachbarschaft und fügte das Schutzengelchen bei. »Möge dieses Engelchen über dich wachen und schnell gesunden lassen.«

Die Frau zögerte. Ob es richtig war, diese Karte zusammen mit dem Engelchen zu versenden? Wie würde der Kranke das Geschenk aufnehmen? Immer wieder gingen ihr die verschiedensten Gedanken durch den Kopf. Es war nicht ihre Absicht, den kranken Mann zu verunsichern. Nicht, dass zweifelnde Gedanken in ihm hoch kämen. Man schenkte ihm einen Schutzengel, da es äußerst schlimm um ihn stand. Schließlich entschied sie sich, die Karte samt Engel nicht zu versenden. Das Schutzengelchen landete in der Schublade, wo es zwischen anderen Krimskrams weilte. Dabei hätte es so viel bewirken können, doch gefangen in der Schublade strich die Zeit tatenlos dahin.

Eines Tages traf die Frau den kranken Mann zufällig auf der Straße. »Ich habe dich lange nicht mehr gesehen und freue mich, dass es dir besser geht«, sagte sie aufrichtig zu ihm.

»Ich bin dankbar, diese schwere Zeit überstanden zu haben und ich wieder unter Menschen kann. Der Kontakt mit anderen hat mir gefehlt. Ich verstehe, dass es vielen schwerfällt, Kranke zu besuchen. Manchen fehlen die passenden tröstenden Worte. Oder es erfüllt sie mit Angst, einem todkranken Menschen gegenüberzutreten. Sie werden daran erinnert, wie zerbrechlich menschliches Leben ist«, seufzte der Mann. »Deshalb kam so gut wie kein Besuch. Ich hätte mich aber auch über ein paar Zeilen gefreut.«

Die Frau schämte sich. Warum war sie so feige gewesen und hatte die Karte nicht abgeschickt? Wie sehr hätte sich der Mann über den Gruß mit dem Schutzengel gefreut. Angst und Unsicherheit hatten sie zurückgehalten, einem anderen eine Freude zu bereiten. Sie ärgerte sich, ihrem Bauchgefühl nicht vertraut zu haben.

Als sie nach Hause kam, suchte sie nach dem Schutzengelchen und durchwühlte mehrere Schubladen, bis sie es fand.

Sie hielt es in ihren Händen und betrachtete es liebevoll. Deine Zeit wird noch kommen, dachte sie. Ich werde dich auf die Reise schicken, wenn ein Mensch dich braucht. Ich werde mir keine Gedanken machen, ob es richtig oder falsch ist, sondern einfach handeln. Bis es so weit ist, darfst du dich weiterhin ausruhen, liebes Schutzengelchen.

Lichtblicks Gedanken

Es ist sinnvoll, sich manchmal auf sein Bauchgefühl zu verlassen. Die meisten Entscheidungen kommen spontan aus dem Bauch. Warten wir zu lange, schaltet sich der Kopf ein und wägt Vor- und Nachteile ab und plötzlich finden wir unsere »Bauchentscheidung« nicht mehr richtig.

»Es ist vielleicht nicht die einfachste Entscheidung,
auf seine Gefühle zu hören, aber es ist immer die ehrlichste.«
Autor unbekannt

Die kleine Dattelpalme

Teil 1

Es war einmal … eine kleine Dattelpalme, die an einem traumhaft schönen Strand wuchs. Eines Tages besuchte ein böser Mann den Strand. Er sah die kleine Dattelpalme und konnte es nicht ertragen, dass sie so prächtig gedieh. Ihm ging es schlecht, deshalb sollte es der kleinen Palme auch nicht besser gehen.

Der Mann nahm einen großen Stein und legte ihn in die Krone der Dattelpalme. Danach ging er schadenfroh davon.

Verzweifelt versuchte die kleine Palme, den Stein abzuschütteln. Immer und immer wieder ohne Erfolg. Auch ein einsetzender Sturm konnte den massiven Stein nicht bewegen.

Die kleine Dattelpalme fand sich damit ab, dass ihr nichts anderes übrig blieb, als sich mit ihren Wurzeln immer tiefer und tiefer in die Erde zu graben, um einen besseren Halt zu finden.

Mühevoll erreichte sie eines Tages mit ihren Wurzeln das tief fließende Quellwasser. Trotz der Last des gewichtigen Steines wuchs sie zu einer kräftigen Palme heran. Viele Menschen am Strand suchten an heißen Sommertagen ihren kühlen Schatten auf und kosteten ihre leckeren Früchte.

Jahre später reiste der böse Mann wieder an diesen traumhaft schönen Strand. Er war auf der Suche nach der Palme mit dem Stein – falls sie überhaupt noch am Leben sein sollte.

Trotz intensiven Suchens fand er keine missgestaltete Dattelpalme. Er kam zu dem Schluss, dass die Palme die extreme Last des Steines nicht überlebt hatte. Als der böse Mann weiterging, bog sich die größte und kräftigste Dattelpalme zu ihm herab und sprach mit lauter Stimme:

»Ich möchte dir danken für den schweren Stein, den du mir vor vielen

Jahren auf mein Palmenherz gelegt hast. Erinnerst du dich an mich? Dein gemeiner Plan ist nicht aufgegangen. Ganz im Gegenteil: Deine Last hat mich unglaublich stark gemacht!«

Der böse Mann war wirklich überrascht. Es verschlug ihm die Sprache. Andererseits fühlte er sich unglaublich erleichtert und wollte es der Palme auch mitteilen. Diesen Moment der Sprachlosigkeit nutzte die Dattelpalme und schüttelte ihre kräftigen Palmwedel. Sie schüttelte und schüttelte mit voller Willenskraft. Nie zuvor hatte sie solche Kräfte in ihrem Palmenleben aufgebracht.

Der massive Stein bewegte sich und fiel dem bösen Mann direkt auf den Kopf.

Lichtblicks Gedanken

Das ist ein wunderbares Beispiel dafür, dass – egal, was uns für Bürden oder Steine auferlegt werden – diese trotzdem einen positiven Einfluss auf unser Leben haben können. Dass wir trotz der Schwere der Last der Situation gewachsen sein können und oft erst durch solche schlimmen Prüfungen an Stärke, Mut, Willenskraft und Selbstvertrauen gewinnen.

Diese Geschichte ist eine uralte Überlieferung eines afrikanischen Märchens. Ich habe sie schon in vielen verschiedenen Versionen gehört oder gelesen. Dies ist meine persönliche Version des Märchens, inklusive Fortsetzung.

»Wenn du besonders ärgerlich und wütend bist,
erinnere dich, dass das Leben nur einen Augenblick währt.«

Marc Aurel, römischer Kaiser und Philosoph, 121 - 180

Die kleine Dattelpalme

Teil 2

Es war einmal ... eine kleine Dattelpalme. Einst hatte ein böser Mann einen großen Stein auf das Herz der jungen Palme gelegt. Mit Kraft und Durchhaltevermögen war sie trotz der schweren Last zu einer stattlichen Palme gediehen. Eines Tages kehrte der Mann zurück. Als sie ihn erkannte, nahm sie alle Kraft zusammen und schüttelte so lange ihre Palmblätter, bis sich der Stein bewegte und auf den Kopf des Mannes fiel.

Der Mann regte sich nicht mehr. Die kleine Dattelpalme erschrak zutiefst. Es war nicht ihre Absicht gewesen, ihn zu töten, sondern ihm nur einen ordentlichen Schrecken einzujagen. Nie hätte sie geglaubt, dass sie eines Tages tatsächlich einmal die Kraft aufbringen würde, den Stein auf ihrem Palmenherz in Bewegung zu setzen. Sie hatte es in der Vergangenheit so oft vergeblich versucht. Die kleine Dattelpalme weinte bittere Tränen. Durch ihre unüberlegte Tat hatte sie ein Menschenleben auf dem Gewissen. Vielleicht warteten auf den Mann Frau und Kinder zu Hause. Die armen Kinder würden wegen ihr ohne Vater aufwachsen. Immer mehr steigerte sich die Dattelpalme in ihre Mutmaßungen hinein. Wie ein kleiner Regenfall tropften ihre Tränen in den Sand. Einige der Tränen berührten auch das Gesicht des Mannes. Allmählich erlangte er wieder sein Bewusstsein. Als die Dattelpalme sah, wie der Mann wieder zu sich kam, atmete sie erleichtert auf.

»Es war nicht meine Absicht, dich zu verletzen«, sagte sie kleinlaut. »Ich war nur sehr wütend, als ich dich wiedererkannte.«

»Oh, mein Kopf«, stöhnte der Mann und hielt mit beiden Händen sein Haupt fest. »Deine Wut ist nachvollziehbar. Ich habe dir einst ungemein wehgetan und Höllenqualen bereitet.«

»Was hatte dich veranlasst, mir einen Stein auf mein Herz zu legen? Dir war bestimmt klar, dass ich daran sterben könnte.«

»Ich war jung und dumm. An dem Tag, als ich dich quälte, brach mein Leben in Stücke. Ich verlor alles, was mir etwas bedeutete. Mein Leben erschien sinnlos. Während ich den Strand entlang lief und überlegte, wie ich meinem Leben ein Ende setzen könnte, sah ich dich: klein,

zierlich und schwach. In diesem Moment quoll meine angestaute Wut über. Statt auf dich einzuschlagen, legte ich dir diesen großen Stein direkt auf dein Herz. Du solltest dich genauso fühlen wie ich. Jetzt weiß ich, dass du mir mein Leben gerettet hast. Das ist jedoch keine Entschuldigung für das, was ich dir zugefügt habe.«

Die Dattelpalme hörte aufmerksam zu. »Wir haben einander gebraucht«, sagte sie bedächtig. »Du konntest deinen Kummer an mir auslassen und somit dein Leben retten. Ich bin durch dich stark und groß geworden. Wer weiß, was sonst aus mir geworden wäre. Sieh dir die anderen Palmen an. Ich bin die kräftigste an diesem Strand.«

So geschah es, dass sich die Dattelpalme und der Mann versöhnten. Von nun an verbrachte er jedes Jahr seinen Urlaub an diesem Strand, um *seine* Dattelpalme zu besuchen und in ihrem kühlen Schatten zu liegen.

Lichtblicks Gedanken

Jemandem zu vergeben, bedeutet nicht, dass wir eine schlimme Tat entschuldigen, billigen oder vergessen. Vergeben heißt, sich von Gefühlen wie Wut, Ärger, Zorn und Rache zu lösen, weil diese das eigene Leben negativ belasten und beeinflussen. Vergeben ist möglich, vergessen wesentlich schwieriger. Sind die negativen Gefühle durch unsere Vergebung weg, fühlen wir uns befreiter und glücklicher.

»Es schadet nichts, wenn einem Unrecht geschieht.
Man muss es nur vergessen können.«
Konfuzius, chinesischer Philosoph, 551–479 v. Chr.

Sehnsucht nach Freiheit

Es war einmal … ein kleiner süßer Welpe. Er lebte auf einem großen Bauernhof bei einer liebevollen Familie.

Der Welpe war schrecklich neugierig. Jeden Tag stellte er schlimme Sachen an. Er jagte die Hühner, bis sie keine Eier mehr legten. Er zernagte die vor dem Haus stehenden Schuhe der Familienmitglieder. Die frisch aufgehängte Wäsche riss er von der Leine und fegte mit ihr durch den Garten. Auch die Hauskatze hatte keine ruhige Minute vor dem kleinen Wirbelwind. Der kleine Kerl schäumte über vor Temperament. Deshalb entschied die Familie, den kleinen Hund mit einem Seil am Hals an einem Pflock anzubinden. Der Pflock war eine schmale Holzstange, die im Erdboden steckte.

»Du neugieriger kleiner Hund«, sagte das Herrchen. »Jetzt kannst du die Welt erkunden, soweit das Seil reicht.«

Die ersten Tage entdeckte der Welpe neugierig seine Umgebung, denn das Seil war lang, und er konnte einen großen Umkreis erforschen. Jedoch war er schnell gelangweilt. Manchmal versuchte er, den Kreis zu verlassen. Das Zerren am Seil war stets mit Schmerzen an seinem Hals verbunden. Um den Pflock aus dem Boden zu reißen, war er zu klein und schwach. Es dauerte eine Weile, bis er sich damit abfand, dass seine Welt begrenzt war. Umso mehr freute er sich täglich auf die Spaziergänge mit seinem Herrchen. Auf den Wiesen und Feldern konnte er sich frei bewegen und herumtoben. Danach band ihn das Herrchen wieder am Pflock fest. Manchmal lief die Katze an ihm vorbei. Sie fauchte und reizte ihn mit einem Katzenbuckel. Der junge Hund stürmte auf sie los, bekam sie aber nie zu fassen. Die Katze wusste genau, wie weit das Seil reichte.

Aus dem kleinen Welpen wuchs im Laufe der Jahre ein großer stattlicher Bernhardiner heran. So stark, dass er den Pflock mit Leichtigkeit aus dem Boden hätte ziehen können. Doch er wagte keinen neuen Versuch. Zu schmerzhaft waren die Erinnerungen an frühere Fluchtversuche.

Er war ein gemütlicher und genügsamer Hund, und es ging ihm gut. Er bekam zu Trinken und Fressen. Die Menschen waren freundlich. Und er freute sich auf seinen täglichen Auslauf mit dem Herrchen.

Bei einem dieser Spaziergänge mit dem Herrchen entdeckte er einen Hund in einem kleinen Zwinger. Wie gut hatte er es im Vergleich, denn sein Seil reichte viele Meter nach allen Seiten.

Manchmal träumte der Bernhardiner davon, es gäbe keine Fessel und er könne jederzeit frei und ungezwungen über Wiesen und Felder toben.

Das blieb jedoch ein Traum.

Lichtblicks Gedanken

Bestimmt hat jeder von uns schon Situationen erlebt und sich wie der kleine Hund gefühlt: Gefesselt an einen Pflock. Einziger Unterschied: Unser Pflock ist unsichtbar. Was hindert uns daran, unseren Kreis zu verlassen? Wir haben es selbst in der Hand, etwas zu ändern. Nur weil wir vielleicht vor langer Zeit einmal etwas ausprobiert haben und gescheitert sind, bedeutet dies nicht, wir werden es niemals schaffen. Habt Mut, den Pflock zu verlassen. Die »Welt da draußen« ist für uns alle erreichbar. Egal, wie lange es dauert: Es ist möglich. Es wäre schade, in unserem kurzen Leben so viel Schönes und Interessantes zu verpassen.

»Die Gewohnheit ist wie ein Seil.
Wir weben jeden Tag einen Faden,
und schließlich können wir es nicht mehr zerreißen.«
Horace Mann, Pädagoge, 1796–1859

Die geheimnisvolle Tür

Es war einmal … eine warmherzige Frau. Großer Kummer legte sich um ihr Herz, und sie weinte viel. Der Verlust eines lieben Menschen, gesundheitliche Probleme und Geldsorgen erschwerten ihr das Leben.

Eines Tages saß sie in ihrer kleinen, möblierten Ein-Zimmer-Wohnung. Die Wehmut überkam sie, und sie weinte hemmungslos vor sich hin. Durch den Tränenschleier erkannte sie kaum mehr als die Umrisse ihrer kleinen Wohnung. Trotzdem war ihr, als wäre irgendetwas anders.

Sie wischte sich die Tränen von den Augen, um klarer sehen zu können. Nein, sie täuschte sich nicht. An einer Wand ihrer Wohnung befand sich eine Tür. Das kann doch nicht wahr sein, dachte sich die Frau. Das träume ich sicherlich. Da war noch nie eine Tür.

Zögernd stand sie auf und näherte sich der geheimnisvollen Tür. Die war nicht groß, dafür von massiver Qualität. Vorsichtig strich die Frau über die hölzerne Oberfläche und zog ihre Hand rasch wieder zurück. Nichts geschah. Die Tür war immer noch vorhanden.

Sie legte ihre rechte Hand auf die kunstvoll geschmiedete Klinke und drückte sie vorsichtig nach unten. Die Tür war nicht verschlossen. Sie öffnete sie einen winzigen Spalt. Was werde ich hinter dieser Tür wohl vorfinden, ging es ihr durch den Kopf. Sie holte tief Luft und schwang das Türblatt zur Seite.

Vor sich erblickte sie ein kleines, helles Zimmer, dessen Wände über und über mit Bildern versehen waren. Sie wagte ein paar Schritte in den Raum und betrachtete die Bilder an der linken Wand. Sie zeigten vertraute Fotos aus ihrer Vergangenheit. Von ihrer Kindheit, ihren Eltern, ihrer Schulzeit, ihrer ersten großen Liebe und von ihren diversen

Reisen, die sie mit geliebten Menschen erlebt hatte. Was waren das für schöne Zeiten gewesen.

Die mittlere Wand beherbergte Bilder von ihrer Gegenwart. Es waren düstere Bilder. Ohne Farben und Licht. Viel Wut, Trauer, Tränen und Einsamkeit. Schmerzhafte Erinnerungen erwachten in ihr.

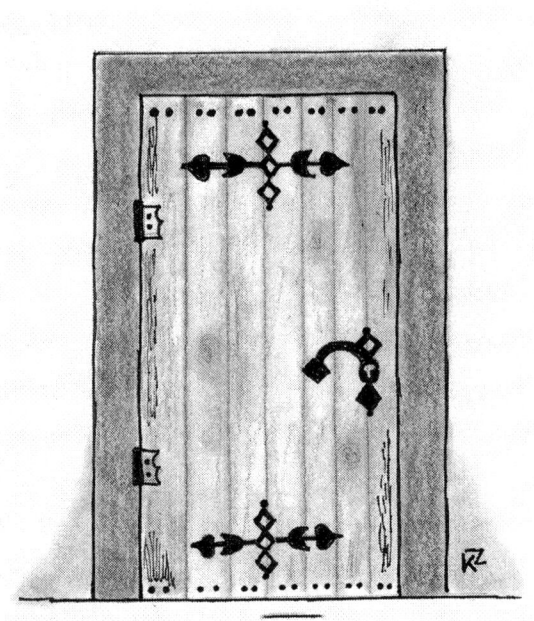

Sie verspürte Angst. Bisher erkannte sie Fotos aus der Vergangenheit und der Gegenwart. Zeigten die Bilder an der rechten Wand etwa ihre Zukunft? Mit Herzklopfen trat sie an die dritte Wand. Die ersten Bilder wirkten befremdlich auf sie. Fast auf jedem Bild war ihr Gesicht zu erkennen. Ein von Trauer gezeichnetes Gesicht. Sie betrachtete jedes Bild sorgfältig und bemerkte, dass sich mit jedem weiteren Foto ihr Gesichtsausdruck zum Positiven veränderte. Drückten die ersten

106

Aufnahmen noch Trauer und Schmerz aus, zeigten die weiteren Fotos eine fröhliche Frau.

Auf den Bildern strahlten ihre Augen endlich wieder. Ihr sonst blasses Gesicht wies eine frische, gesunde Farbe auf. Sie spazierte über Blumenwiesen und strahlte mit der Sonne um die Wette. Sie nahm Bilder von Urlaubsorten wahr, die sie beabsichtigte, zu bereisen.

Die überwältigte Frau konnte den Blick vom eigenen Ich gar nicht losreißen, und sie verstand. Sie brauchte keine Angst zu haben. Alles würde gut werden. Gestärkt und voller Hoffnung verließ sie den Raum und schloss die Tür für immer hinter sich.

Lichtblicks Gedanken

Meistens ist das Schließen einer Tür für uns mit Schmerzen und Traurigkeit verbunden. Es fällt uns nicht leicht, die Tür zu schließen und den Blick von ihr abzuwenden. Wir hängen an unseren Erinnerungen. Mit der neuen Tür eröffnen sich neue Möglichkeiten für uns. Lasst uns mutig und neugierig sein, was das Leben für uns hinter der neuen Tür bereithält.

»Wenn sich eine Tür schließt, öffnet sich eine andere.
Aber wir sehen oft so lange und so wehmütig
auf die geschlossene Tür, dass wir diejenigen,
die sich für uns öffnen, gar nicht sehen.«
Alexander Graham Bell,
amerikanischer Erfinder, 1847–1922

Fehlende Anerkennung

Es war einmal … in einem herrlichen, dichten Wald. Dort saß unter einer Tanne die Anerkennung auf dem moosigen kühlen Waldboden und weinte. Sie weinte herzzerreißend. Ihr Schluchzen drang bis zu Mut, Hoffnung und Zuversicht vor.

Schnell eilten Mut, Hoffnung und Zuversicht zur Anerkennung und fragten:

»Liebe Anerkennung, was ist denn los? Dein Kummer ist kilometerweit zu hören.«

Die Anerkennung schluchzte erneut. »Die Menschen bekommen immer weniger Anerkennung. Sei es von ihren Liebsten, von Freunden oder im Berufsleben. Ich werde einfach nicht mehr gebraucht. Dabei ist es äußerst wichtig, dass die Menschen Anerkennung erhalten. Sie sehnen sich nach Lob, Wertschätzung und Aufmerksamkeit.«

Mut, Hoffnung und Zuversicht waren ratlos. Ihnen war gar nicht aufgefallen, wie wenig Anerkennung die Menschen bekamen. Sie überlegten und beratschlagten die weitere Vorgehensweise. Nach einer Weile kamen sie zurück und hatten jemanden mitgebracht.

»Liebe Anerkennung, wir haben eine Lösung gefunden«, verkündeten sie der traurigen Anerkennung. »Warum immer warten, bis andere Menschen Anerkennung vergeben oder aussprechen? Jeder Mensch hat Anerkennung verdient. Wenn keine von außen kommt, hat der Mensch die Möglichkeit, sich selbst die ersehnte Anerkennung zu geben. Sich selbst wertzuschätzen. Dürfen wir dir unseren Gast namens Selbstwertgefühl vorstellen? Zusammen werdet ihr den Menschen einen Weg aufzeigen, auch glücklich sein zu können – ohne das Betteln nach Anerkennung durch andere Menschen.«

Die Anerkennung war sprachlos. Von dieser Seite hatte sie das Ganze noch nicht betrachtet. Sie stand auf und klopfte sich etliche Tannenbaumnadeln von ihrem Hosenboden. Schließlich umarmte sie das Selbstwertgefühl und sagte:

»Ihr habt recht. Ich gehe zurück zu den Menschen. Mit Unterstützung vom Selbstwertgefühl bin ich nicht auf Anerkennung anderer angewiesen. Dankeschön, lieber Mut, Hoffnung und Zuversicht!«

Lichtblicks Gedanken

Immer sind wir Menschen auf der Suche nach Anerkennung anderer Menschen. Bekommen wir Anerkennung, geht es uns gut. Nach einer Weile verabschiedet sich das gute Gefühl, das damit verbunden war. Wir fühlen eine große Leere in uns und versuchen alles, um wieder Anerkennung zu erlangen. Leider schwindet mit der Anerkennung auch unser Selbstwertgefühl. Deshalb ist es wichtig, dass wir unseren Selbstwert erkennen und nicht warten, bis andere Menschen uns anerkennen. Je mehr wir uns selbst lieben und uns wertschätzen, umso weniger Anerkennung brauchen wir von außen. Anerkennung und Neid sind eng miteinander verbunden. Jemand gönnt mir meinen Erfolg und somit meine Anerkennung nicht.

»Erfolg ohne Anerkennung ist wie eine Speise ohne Würze,
die zwar den Hunger stillt, aber nach gar nichts schmeckt.«

Autor unbekannt

Arm und reich

Teil 1

Es war einmal ... ein reicher und in der Öffentlichkeit wohlbekannter Mann. Er lebte mit seiner Familie am Rande einer Kleinstadt, abseits und abgeschirmt von der Öffentlichkeit. Eines Tages, als er zwischen vielen Terminen kurz zu Hause weilte, fragte sein kleiner Sohn: »Vater, ich habe einen Jungen in meiner Schule kennengelernt. Er hat mich eingeladen, einen Tag und eine Nacht im Hause seiner Eltern zu verbringen. Sie wohnen direkt an einem wunderschönen See. Bitte erlaube mir, ihn zu besuchen.«

Der Vater überlegte und stimmte zu. »Ich habe nichts dagegen«, antwortete er. Es würde bestimmt nicht schaden, wenn der Junge auch mit einfacheren Menschen in Kontakt käme. Die Eltern des Freundes waren zwar arme, aber herzensgute Menschen und dem Vater gut bekannt.

Der Junge besuchte seinen Freund, der in einer ärmlichen Hütte am See lebte. Die Stunden miteinander vergingen wie im Flug. Sie spielten auf den Wiesen und Feldern und fuhren in einem kleinen Boot auf dem See. Sie bereiteten sich Pfannkuchen in der kleinen engen Küche zu und warfen sie beim Wenden in der Pfanne hoch durch die Luft. Nachts schliefen sie im Heu auf dem Dachboden der kleinen Hütte mit Blick auf den Sternenhimmel. Am Morgen weckte sie ein laut krähender Hahn. Nach dem Frühstück gingen sie zu Fuß in die Schule und entdeckten auf dem Weg viele Wunder der Natur.

Als der Sohn nach der Schule zu Hause eintraf, fragte der Vater neugierig, wie es ihm bei dem Freund gefallen hatte.

»Ach, Vater. Es war wunderschön«, antwortete der Sohn. »Ich habe viel gesehen und gelernt. Jetzt kenne ich den Unterschied zwischen arm und reich.« Die Augen des Jungens strahlten.

»Weißt du Vater, wir besitzen einen riesigen Swimmingpool, den größten weit und breit. Die armen Leute wohnen in ihrer Hütte direkt an einem riesigen See. In unserem Haus und Garten stehen überall

prächtige Lampen, die uns Licht spenden. Die armen Leute besitzen keine elektrischen Lampen. Für sie leuchten die Sterne in der Nacht. In all unseren Zimmern befinden sich Uhren. Die armen Leute werden morgens von einem krähenden Hahn geweckt. Wir haben einen großen eingezäunten Park, in dem ich spielen kann. Die Kinder der armen Leute spielen auf riesigen Wiesen, Feldern und Wäldern ohne Begrenzungen. Ich werde täglich mit dem Chauffeur zur Schule gefahren und sehe nichts von der Umgebung. Die Kinder der armen Menschen gehen zu Fuß und entdecken auf dem Weg die Schönheiten der Natur. Wir können uns Bedienstete leisten, die mich zu Bett bringen. Die armen Leute nehmen sich die Zeit und bringen ihre Kinder selbst zu Bett.«

Der Vater war sprachlos. Die Worte seines Sohnes hatten ihn nachdenklich gemacht.

»Danke, Vater, dass du mir erlaubt hast, einen Tag und eine Nacht bei meinem armen Freund zu verbringen«, sagte der Junge weiter. «Jetzt weiß ich, wie arm wir trotz unseres vielen Geldes wirklich sind.«

Lichtblicks Gedanken

Wir sind oft viel reicher, als wir glauben: Reich sind wir, wenn wir lieben und geliebt werden. Reich sind wir, wenn wir uns freuen können und unsere Freude weiterschenken. Reich sind wir, wenn wir nicht alleine sind, sondern Menschen für uns da sind. Reich sind wir, wenn wir gesund sind. Jeder von uns ist in gewisser Weise »reich.«

»Wahrer Reichtum besteht nicht im Besitz,
sondern im Genießen.«
Ralph Waldo Emerson, US-amerikanischer Geistlicher,
Philosoph und Schriftsteller, 1803–1882

Arm und reich

Teil 2

Es war einmal ... ein kleiner Junge, der in einer reichen Familie aufwuchs. Eines Tages bat er seinen Vater, einen Tag und eine Nacht bei seinem armen Freund verbringen zu dürfen. Dieses Erlebnis war eine wichtige Erfahrung für ihn, denn er lernte den Unterschied zwischen arm und reich kennen.

»Vater, darf der arme Junge bei uns einen Tag und eine Nacht verbringen?«, fragte er gespannt.

Der Vater konnte ihm diesen Wunsch nicht abschlagen und stimmte zu. Gleich am nächsten Tag brachte der Junge seinen armen Freund mit nach Hause. Der Freund staunte nicht schlecht, als er die Villa betrat und noch viel mehr, als er in dem riesigen Zimmer seines Freundes stand.

Einen Tag und eine Nacht verbrachte der arme Junge in dem exklusiven Haus. Die beiden Kinder amüsierten sich, und die Zeit verging wie im Fluge. Wieder Zuhause, fragten die Eltern gespannt:

»Wie hat es dir bei deinem reichen Freund gefallen?«

»Es war sehr beeindruckend«, sagte der Junge. »Stellt euch vor, er wohnt in einem richtigen Palast. Sein Bett ist größer als alle unsere Betten zusammen. Er hat ein eigenes Badezimmer, das direkt von seinem Zimmer aus begehbar ist. Unser Wohnzimmer ist bei weitem nicht so groß wie dieses Badezimmer.«

»So leben viele reiche Menschen«, sagten die Eltern. »Erzähl weiter.«

»Es gibt viele Bedienstete. Immer ist jemand in der Nähe und fragt, ob er einen Wunsch erfüllen kann. Ich habe einen Gärtner gesehen und einen Chauffeur. Zum Abendessen zieht sich jeder schön an, vergleichbar mit uns, wenn wir sonntags in die Kirche gehen. Es gibt eine riesige

Auswahl an Essen, so dass man sich gar nicht entscheiden kann, was man nehmen soll. Mein Freund hat viele Pflichten, die ihm oft missfallen. Er geht zum Musikunterricht, Reitunterricht und Ballsport, und zweimal die Woche kommt ein Privatlehrer ins Haus.«

»Bist du traurig, dass wir nicht reich, sondern arm sind?«, fragten die Eltern besorgt.

»Ganz bestimmt nicht«, sagte der Sohn und lachte. »Unser Leben ist viel unkomplizierter. Bei uns zieht man sich zum Essen nicht um. Auch brauchen wir uns keine Gedanken zu machen, welche von den verschiedenen Speisen wir essen möchten, denn bei uns gibt es immer nur ein Essen, und das schmeckt köstlich. Ich bin froh, nach der Schule und den Hausaufgaben genügend Zeit zum Spielen zu haben. Außerdem finde ich es aufdringlich, wenn mich ständig jemand verfolgt und fragt, ob ich etwas benötige.«

Der Junge lachte erneut.

»Wisst ihr, seine Eltern sind viel unterwegs. Ich glaube kaum, dass er so viel Aufmerksamkeit von ihnen bekommt wie ich von euch. Eines weiß ich jetzt sicher: Arm ist man nicht ohne Geld. Arm ist man ohne Zeit und Liebe.«

Lichtblicks Gedanken

Geld regiert die Welt! Dabei sind Geld und Besitztümer nicht das wichtigste im Leben. Leider dreht sich bei vielen Menschen alles nur ums Geld: Die einen werden von Geldsorgen geplagt, und die anderen wollen immer mehr Geld, obwohl sie es zur Genüge haben. Natürlich geht ohne Geld nichts, darum ist es wichtig, immer zu versuchen, die Balance zwischen arm und reich zu bewahren. Wir sollten das Geld besitzen, nicht das Geld uns.

»Ohne Liebe ist der Reiche arm,
den Armen macht sie reich.«
Augustinus Aurelius, Bischof von Hippo, 354–430

Seelenverwandte

Es war einmal … ein junger Mann, der sich Hals über Kopf in eine Frau verliebte. Romantische Filme zeigen oft die große Liebe auf den ersten Blick, doch hatte er nie zu hoffen gewagt, dass ihm solch ein Glück selbst eines Tages widerfahren könnte.

Bereits zwei Wochen nach dem Kennenlernen einer wunderbaren Frau schickte ihn sein Arbeitgeber zu einer beruflichen Weiterbildung. Weit weg von seiner Liebsten.

Es war eine schreckliche Vorstellung für beide, sich mehr als zwei Wochen nicht sehen zu können. Eine Ewigkeit für frisch Verliebte. Sie hielten es kaum ein paar Stunden ohne den anderen aus.

Zu jener Zeit gab es kein Handy mit WhatsApp-Funktion. Oder Skype. Als Kommunikationsmittel standen entweder ein Festnetztelefon oder die Briefpost zur Verfügung.

Kaum war der junge Mann weggefahren, verging seine Liebste fast vor Sehnsucht nach ihm. Lange überlegte sie, wie sie ihn überraschen könnte. Sie suchte den größten Grußkartenladen auf, den sie finden konnte. Aus den zahlreichen Grußkartenregalen wählte sie eine bestimmte »Ich-vermiss-dich-so-arg-Karte« aus. Es war eine Karte unter hunderten, vielleicht sogar unter tausenden, an der ihr Herz hängen blieb. Aufgeregt schrieb sie ein paar liebevolle Worte in die Karte. Noch am selben Tag warf sie das Kuvert, adressiert an die Hoteladresse des Liebsten, in den Briefkasten. Das wird eine schöne Überraschung für ihn werden, dachte sie und stellte sich in Gedanken sein Gesicht vor.

Tags darauf erhielt die verliebte Frau Post von ihrem Liebsten. Sie schmunzelte, da ihr Liebster offensichtlich den gleichen Gedanken gehabt hatte.

Als sie das Kuvert öffnete und die Karte erblickte, war der erste Gedanke, der ihr in den Sinn kam, dass ihre liebevolle Botschaft gar nicht beim Liebsten angekommen war. Vielleicht hatte sie eine falsche Adresse auf dem Kuvert angegeben. Bedächtig zog sie die Karte aus dem Kuvert. Ihr Herz schlug schneller. Sie bekam Gänsehaut, und ihr liefen

abwechselnd kalte und heiße Schauer über den Rücken. Träumte sie? Sie konnte es kaum fassen: Ihr Liebster hatte ihr die gleiche Karte geschickt wie sie ihm. Auch er hatte diese eine bestimmte Karte unter hunderten anderer Grußkarten ausgewählt.

Nein, das war kein Zufall, das war Seelenverwandtschaft. Vom ersten Tag an. Noch heute – Jahrzehnte später – sind die beiden ein glückliches Paar. Manchmal holen sie ihre beiden Karten aus der Schublade, lachen miteinander und sind dankbar, sich gefunden zu haben.

Lichtblicks Gedanken

Seelenverwandte finden sich. Sie suchen sich nicht. Seelenverwandte – das sind bestimmte Menschen, die uns in unserem Leben begegnen und mit denen wir uns auf Anhieb verstehen. Wir haben das Gefühl, diesen Menschen schon ewig zu kennen. Wir spüren, bei unserem Seelenverwandten dürfen wir »Ich« sein und brauchen uns nicht zu verstellen. Alles fühlt sich von Anfang an richtig an. Man versteht sich auch ohne große Worte.

»Ein Seelenverwandter ist kein Mensch,
der so spricht wie du, sondern ein Mensch,
der so fühlt wie du.«

Quelle: www.visualstatements.net

Die neugierigen Kätzchen

Es war einmal … eine alte Frau. Nach dem Tod ihres Mannes fühlte sie sich schrecklich einsam. Sie überlegte, sich ein Haustier zuzulegen, um der Stille im Haus zu entfliehen.

Eines Tages spazierte sie an einem Tierheim vorbei und ging hinein. Sie strahlte beim Anblick der vielen Tiere, die ebenso einsam waren wie sie.

Besonders zwei junge Kätzchen berührten ihr Herz und sie nahm sie mit nach Hause. Ein Kätzchen war kohlrabenschwarz mit weißen Pfötchen und das andere rot getigert.

Die Kätzchen waren schnell zutraulich und verspielt. Es dauerte nicht lange und sie lebten sich in der neuen Umgebung ein. Ihre Anwesenheit erfüllte das Herz der alten Frau. Sie blühte jeden Tag etwas mehr auf.

Leider waren die jungen Katzen auch schrecklich neugierig. Die alte Dame versuchte, die beiden Kätzchen von Anfang an zu erziehen. Sie wussten, dass es tabu war, in ein bestimmtes Zimmer zu gehen. Es war das Schlafzimmer der alten Frau. Das Verbot weckte erst recht ihre Neugierde, dieses Zimmer zu betreten.

Eines Tages schlich sich das schwarze Kätzchen in einem unbeobachteten Moment in das verbotene Zimmer, denn die Tür stand einen Spalt weit offen. Vorsichtig, Schritt für Schritt und mit aufgeregtem Herzklopfen, schlüpfte es durch den Türspalt. Doch was sah es dort? Erschrocken erblickte es eine andere Katze und konnte nicht erkennen, dass es sich hierbei um sein eigenes Spiegelbild handelte. Ängstlich zog das Kätzchen den Schwanz ein und plusterte sich auf. Das Gegenüber reagierte ebenso aggressiv. Fauchend zeigte es dem aufgebrachten Gegenüber einen Katzenbuckel und schlug mit dem Pfötchen immer wieder nach ihm. Ihr Gegenüber tat es ihr nach. Jetzt verstand das schwarze Kätzchen, warum es dieses Zimmer nicht betreten durfte. Es lebte eine gefährliche und angriffslustige Katze darin. Bestimmt versuchte die alte Frau, es davor zu beschützen. Fluchtartig verließ es den Raum. Das Kätzchen lernte schnell: Anderen Katzen gegenüber würde es vorsichtig sein. Seine Neugier war gestillt und in Zukunft würde es das verbotene Zimmer meiden.

Einige Tage später schlich auch das rotgetigerte Kätzchen neugierig in das verbotene Zimmer. Und es erblickte im Spiegel ebenfalls eine Katze. Nach dem ersten Schreck freute es sich, stupste den Artgenossen mit der Nase an und begann, liebevoll und schnurrend mit dem Spiegelbild zu spielen. Auch die andere Katze freute sich und schnurrte. So spielten sie eine Weile friedlich miteinander.

Wenig später verließ das Kätzchen das Schlafzimmer. Es war glücklich und überzeugt, alle Katzen seien nett und freundlich. Es beschloss, bei passender Gelegenheit der anderen, freundlichen Katze wieder einen Besuch abzustatten.

Lichtblicks Gedanken
Zeigen wir negative Gefühle oder Ängste, dürfen wir uns nicht wundern, wenn sich unser Gegenüber ebenfalls negativ verhält. Strahlen wir allerdings Zufriedenheit aus und treten unseren Mitmenschen mit einem Lächeln gegenüber, wird sich dieses reflektieren. Zumindest in den meisten Fällen. Die Welt ist oft ein Spiegel unserer selbst. Wir halten ihn in der Hand.

»Der Mensch ist, was er denkt,
was er denkt, strahlt er aus.
Was er ausstrahlt, zieht er an.«
Friedrich Hebbel, deutscher Dramatiker
und Lyriker, 1813–1863

Die Überlebende

Es war einmal … eine Frau, die als einzige ein Schiffsunglück überlebte. Es war die erste Schiffsreise in ihrem Leben.

Tage nach dem Unglück erwachte sie erschöpft am Strand einer einsamen Insel. Obwohl sie sich schwach fühlte und kaum einen Fuß vor den anderen setzen konnte, erforschte sie mühsam die Umgebung. Erschreckt stellte sie fest, die einzige menschliche Bewohnerin auf der Insel zu sein. Was für eine ausweglose Situation, in die sie geraten war. Immer und immer wieder hielt sie Ausschau nach einem Schiff. Jedoch war weit und breit keines zu entdecken.

Irgendwann begann sie damit, sich mit ihrem Schicksal abzufinden. Sie fand eine Quelle mit frischem Wasser und ernährte sich von Früchten und Wurzeln. Aus Ästen und Palmwedeln baute sie sich eine kleine Hütte zum Nächtigen.

Doch ihr Wunsch, die Insel zu verlassen, wurde von Tag zu Tag größer. Sie begann mit dem Bau eines kleinen Floßes – eine ungewohnte und harte Arbeit für die Hände einer Frau. In Jugendzeiten hatte sie zusammen mit ihrem Bruder und dessen Freunden ein Floß gebaut. Sie versuchte, sich an jeden einzelnen Handgriff zu erinnern. Das Floß hatte damals viele Flussfahrten überlebt.

Wochen später war das Floß endlich fertig. Stolz stand sie vor ihrem Werk und begutachtete es. Morgen früh fahre ich los, plante sie. Allerdings fegte über Nacht ein schwerer Sturm mit heftigem Gewitter über die Insel. Als das Unwetter sich legte und die Frau aus der Hütte trat, traute sie ihren Augen kaum: Ihr Floß stand in Flammen. Ein Blitz schien eingeschlagen zu haben. Nichts war zu retten. Die wochenlange und harte Arbeit war vergebens. Ihr blieb nichts anderes übrig, als wieder von vorn anzufangen. Es schien sich alles gegen sie verschworen zu haben. Sie war verzweifelt. Warum ist das Schicksal so hart und grausam zu mir?, fragte sie sich immer und immer wieder. Warum bin ich nicht ertrunken wie alle anderen Passagiere? Sie weinte sich in den Schlaf.

Kurze Zeit später schreckte sie hoch. Träumte sie, wie schon so oft, oder hörte sie tatsächlich ein Schiffshorn? Sie rannte zum Strand und sah ein Boot herankommen.

»Hier bin ich«, schrie die Schiffbrüchige und fuchtelte mit beiden Armen wild in der Luft umher. »Hierher!«

Die Besatzung des Bootes winkte ihr zu. Als die Retter aus dem Boot stiegen, fragte sie:

»Woher wussten Sie, dass ich auf dieser Insel bin?«

»Wir haben Ihr Rauchsignal bemerkt. Es war nicht zu übersehen«, antworteten die Männer.

Lichtblicks Gedanken

»Es gibt kein Übel, das nicht auch etwas Gutes bringt.« Das ist die Botschaft vieler Märchen. Das Schicksal scheint manchmal einen besseren Plan zu haben, als den, den man selbst gerade schmiedet. Manchmal kann etwas, was wir nicht bekommen oder erleben sollen, sich als eine wundervolle Fügung des Schicksals erweisen.

»Schicksal bedeutet: geschicktes Glück.«

Autor unbekannt

Das tapfere Edelweiss

Es war einmal … ein junges Pflänzchen, das hoch in den Bergen auf einer einsamen Almwiese heranwuchs. Die Menschen nannten es Edelweiß.

Das kleine Edelweiß freute sich seines Lebens. Es liebte die Sonne, den Regen, den Wind und die prächtige Aussicht auf die Berge und die Täler. Vor allem genoss es die Ruhe um sich herum. Lediglich das Summen der Bienen und Hummeln oder ein Vogelschrei unterbrachen hin und wieder die Stille.

Eines Tages hörte es allerdings seltsame Klänge. Kuhglocken. Eine Herde Kühe näherte sich. Das erschrockene Edelweiß beobachtete, dass die Kühe alles fraßen, was ihnen vor die gierigen Mäuler kam. Es zitterte und bangte um sein Leben. Es zog die Blütenköpfe ein, um möglichst nicht aufzufallen. Dennoch näherten sich die Kühe. Schritt für Schritt. Was sie nicht fraßen, zertraten sie mit ihren kräftigen Füßen.

Mit einem Schlag wurde es dunkel um das Edelweiß. Ein riesiger Kuhfladen war auf dem zarten Pflänzchen gelandet, und es wandte sich unter der drückenden Last. Trotz aller Bemühungen bewegte der Kuhfladen sich keinen Zentimeter. Sollte das Blümchen aufgeben und sterben, weil die Last es erdrückte und die Sonne zum Leben fehlte?

Wenige Tage später, als die Kräfte des kleinen Pflänzchens weiter nachließen, bemerkte es einen winzig kleinen Lichtstrahl in seiner dunklen Höhle. Hoffnung breitete sich in seinen Blättern aus. Es rekelte und streckte sich. Immer und immer wieder. Es gab nicht auf. Der inzwischen eingetrocknete Kuhfladen bildete immer mehr kleine Risse, durch die Sonnenstrahlen drangen. Das Edelweiß nahm all seine Kraft zusammen und schaffte es, sich durch einen der Risse zu schlängeln.

Zuerst ein paar Blätter und dann vorsichtig die zarten Blütenköpfe. Eines nach dem anderen.

Dem Kuhfladen entronnen, erkannte das junge Pflänzchen zuerst nichts, so stark blendete das Sonnenlicht. Aber es spürte den Wind auf seinen Blättern und atmete die frische Luft tief ein. Dann endlich erblickte es wieder seine geliebten Berge und Täler.

Das tapfere Edelweiß gedieh und wurde zum prächtigsten Blümchen auf der Almwiese.

Lichtblicks Gedanken

Manche Situationen in unserem Leben erscheinen aussichtslos. Wer kämpft, kann verlieren. Wer erst gar nicht versucht zu kämpfen, hat bereits verloren. Nicht aufgeben! Irgendwann kommt die Zeit, wo man merkt, dass es sich gelohnt hat, den Kampf aufgenommen zu haben. Denn wenn wir resignieren, werden wir nie erfahren, ob wir es morgen vielleicht geschafft hätten.

»Keiner weiß, was morgen sein wird,
deshalb darf man sich heute nicht aufgeben.«

Autor unbekannt

Geschenkte Blumen

Teil 1

Es war einmal … eine junge Frau, die in einem gemütlichen Caféhaus in einer lebhaften Straße arbeitete. Sie war alleinstehend und verfügte nur über ein geringes Einkommen. Trotz alltäglicher Sorgen fühlte sie sich glücklich und zufrieden.

Manchmal beobachtete sie einen betagten Mann, wie er gebückt die Straße entlang spazierte. Dass jeder Schritt ihn anstrengte, sah man ihm an. In einer Hand trug er stets einen wunderschönen bunten Blumenstrauß.

Ab und zu legte der Mann in dem Caféhaus eine Pause ein. Den großen Blumenstrauß verwahrte er vorsichtig auf einen der freien Stühle und bestellte sich eine Tasse Tee. Danach verabschiedete er sich und ging seines Weges.

Eines Tages kam der alte Herr wieder ins Caféhaus. Wieder mit einem riesigen Blumenstrauß. Die junge Frau fragte:

»Darf ich Ihnen wie immer eine Tasse Tee bringen?«

Der alte Mann nickte.

Als sie den Tee servierte, überlegte sie, wer jede Woche das Glück hatte, solch einen prächtigen Blumengruß zu bekommen. Ob er ihn seiner Frau mit nach Hause brachte? Oder ob er sich nochmals verliebt hatte und die Blumen für seine Angebetete waren?

»Sie haben einen wunderschönen Blumenstrauß. Da wird sich jemand bestimmt sehr darüber freuen«, sagte sie und überlegte, wann ihr jemand zuletzt einen Blumenstrauß geschenkt hatte. Sie konnte sich nicht erinnern.

Der alte Mann schmunzelte. Er legte einige Münzen für die Tasse Tee hin. Schließlich stand er mühevoll auf und reichte der jungen Frau den Blumenstrauß: »Sie finden Gefallen an schönen Blumen, stimmt's? Eigentlich sind die Blumen für meine Frau gedacht. Aber ich bin mir sicher, dass sie damit einverstanden ist, wenn ich Ihnen den Strauß schenke. Ich gehe jetzt zu ihr und erzähle von Ihnen.«

Die junge Frau nahm den Strauß mit einem strahlenden Lächeln entgegen und sagte gerührt:

»Vielen Dank für diese liebe Geste. Sie bereiten mir damit eine große Freude.«

Auch der alte Mann lächelte, danach verließ er das Caféhaus.

Die Frau trat auf die Straße und beobachtete, wie der Mann die Straße weiter entlang ging bis zu einem großen steinernen Tor, durch das er verschwand.

Sie fragte eine Kollegin: »Sag mal, was ist das am Ende der Straße für ein großes Tor?«

»Das ist der Eingang zu einem kleinen Friedhof«, antwortete die Kollegin.

Lichtblicks Gedanken

Ich höre noch heute meine Oma sagen: »Schenke deinen Lieben die Blumen zeitlebens, denn auf den Gräbern sind sie vergebens.« Diese Zeilen schrieb sie sogar in mein Poesiealbum. Sie hatte recht. Jedoch als Kind oder junger Mensch begreift man den Sinn der Worte oft nicht. Vielleicht sollten wir öfters den Menschen, die uns nahestehen, ohne besonderen Anlass einen Blumenstrauß schenken.

»Der beste Weg, sich selbst eine Freude zu machen,
ist, zu versuchen, einem anderen eine Freude zu bereiten.«
Mark Twain, 1835–1910

Geschenkte Blumen

Teil 2

Es war einmal … eine junge alleinstehende Frau, die sich in einem Caféhaus ihren Lebensunterhalt verdiente. Ein älterer Mann besuchte das Caféhaus regelmäßig. Stets hatte er einen großen Strauß Blumen für seine Frau dabei. Beim letzten Besuch allerdings schenkte er der freundlichen Bedienung den wunderbaren Blumenstrauß.

Seit Tagen vermisste die junge Frau den alten Mann. Sie sorgte sich um ihn. Es wird ihm hoffentlich nichts passiert sein, dachte sie. Doch dann stand er wieder vor ihr. Er wirkte viel zerbrechlicher als sonst. Wie immer hielt er einen wunderschönen Blumenstrauß in seinen Händen. Ohne ihn zu fragen, brachte sie ihm eine Tasse Tee und ein Stück Apfelkuchen.

»Lassen Sie es sich schmecken«, sagte sie. »Ich lade Sie heute ein.« Der Mann strahlte über das ganze Gesicht.

»Es ist sehr lange her, dass mich eine hübsche Frau eingeladen hat«, antwortete er schelmisch.

»Vielen Dank nochmals für den schönen Blumenstrauß. Ich hatte viele Tage meine Freude daran. Aber war Ihre Frau nicht enttäuscht, dass Sie ihn mir geschenkt haben?«, fragte sie.

»Liebes Mädchen«, sagte der Mann, »meine Frau starb vor vielen Jahren. Ich bringe ihr jede Woche einen frischen Strauß Blumen. Das habe ich so gehandhabt, als sie noch lebte, und ich führe es fort, bis auch ich eines Tages die Augen für immer schließen werde.«

Mit strahlenden Augen erzählte er von seiner Frau, seiner einzigen großen Liebe, und von diesem Tag an unterhielten die beiden sich stets angeregt, wenn der alte Mann ins Caféhaus kam. Sie freuten sich aufeinander.

Manchmal, wenn die junge Frau Feierabend hatte, begleitete sie den alten Mann zum Friedhof. Sie sprachen über Gott und die Welt und tauschten ihre Gedanken aus. Doch obwohl eine tiefe Verbindung zwischen ihnen entstand, wusste sie nichts Näheres über seine Lebensumstände.

Nach einigen Wochen erschien der alte Mann nicht mehr im Caféhaus. Die junge Frau wartete und wartete. Vergebens. Sie lief zum Friedhof und fand einen verwelkten Strauß auf dem Grab seiner Frau vor. Er schien länger nicht dort gewesen zu sein. Ihre Sorgen nahmen zu, denn sie wusste nicht, wo er wohnte. Auch andere Gäste, die sie befragte, wussten es nicht. Eines Tages sprach sie ein fremder, vornehm gekleideter Mann im Caféhaus an. Ob sie die junge Frau sei, die mit einem alten Mann öfters zum Friedhof gegangen war. Die Frau bejahte. Der Mann stellte sich als Notar vor.

»Der alte Herr ist verstorben. Da er keine Verwandten hat, war es sein letzter Wunsch, sein kleines Haus und sein Vermögen an die Frau, die ihm auf seine letzten Tage so viel Freude schenkte, zu vererben. Ich soll Ihnen diese Zeilen geben.«

Die Frau nahm zitternd das Blatt Papier und las:

»Ein Mensch, der sich an der Schönheit eines Blumenstraußes erfreuen kann und seine kostbare Zeit mit einem alten Menschen teilt, hat ein gutes Herz und verdient ein gutes Leben.«

Lichtblicks Gedanken
Sich Zeit nehmen und diese mit älteren oder hilfsbedürftigen Menschen zu verbringen, davon profitieren beide Seiten. Nicht nur der ältere oder hilfsbedürftige Mensch ist dankbar und glücklich. Auch derjenige, der etwas Gutes tut, erlebt ein Gefühl der Zufriedenheit.

»Es gehört zu den schönsten Formen
des Ausgleichs in diesem Leben,
dass kein Mensch ernstlich versuchen kann,
einem anderen zu helfen,
ohne sich selbst dabei zu helfen.«
Ralph Waldo Emerson, US-amerikanischer Geistlicher,
Philosoph und Schriftsteller, 1803–1882

Das mystische Grab

Es war einmal … ein kleines aufgewecktes Mädchen. Kurz nach seinem sechsten Geburtstag verstarb die geliebte Mutter. Es konnte sich nicht von ihr verabschieden. Alle in der Familie waren unermesslich traurig und weinten oft. Anfangs fiel es dem Mädchen unheimlich schwer, mit dem Vater und den anderen Geschwistern auf den Friedhof zu gehen. Schon die Vorstellung, dass die geliebte Mama in der kalten feuchten Erde liegt, ließ es verzweifeln. Eines Tages hatte das Mädchen das Bedürfnis, alleine das Grab aufzusuchen. Es ging nach der Schule direkt auf den Friedhof und setzte sich neben den großen Grabstein. Dort hing es seinen Gedanken nach. Erinnerungen von früher tauchten auf. Es lächelte vor sich hin. Im nächsten Moment weinte es bitterlich über den schmerzvollen Verlust. Die Mutter fehlte ihm so sehr.

»Kleines, hier bin ich«, hörte das Mädchen plötzlich eine Stimme. Erschrocken sprang es auf, blickte in alle Richtungen, entdeckte jedoch keine menschliche Gestalt auf dem Friedhof.

»Kleines, hier bin ich«, sagte die Stimme erneut. Das Mädchen folgte der Stimme und entdeckte hinter dem Grabstein einige Stufen, die nach unten führten.

Dem Mädchen war äußerst mulmig zumute. Es schöpfte Mut und ging Schritt für Schritt die ausgetretenen Stufen hinunter, bis es vor einer alten massiven Holztür stand. Vorsichtig öffnete es die Tür, welche bei jeder kleinen Bewegung laut knarrte.

»Da bist du ja, meine Kleine«, hörte es die zärtliche Stimme der Mutter. Das Mädchen trat in einen kleinen dunklen Raum ein. Seine Augen mussten sich an die Dunkelheit erst gewöhnen. An einem kleinen Tisch mit einer spärlich Licht spendenden Kerze saß seine geliebte Mutter.

»Mama«, stammelte das Mädchen, »du bist hier? Alle sagen, du bist tot, und ich werde dich nicht wiedersehen«, schluchzte die Tochter und rannte zu ihrer Mutter. Sie fiel ihr in die Arme, und all der Kummer und die Schmerzen der letzten Wochen brachen aus ihr heraus. Sanft streichelte die Mutter die Haare ihrer geliebten Tochter.

»Es stimmt – ich bin gestorben, meine Kleine. Dennoch bin ich immer bei dir. Auch wenn du mich nicht mehr mit deinen Augen siehst, meine Stimme nicht mehr hörst und meinen Körper nicht mehr spürst, bin ich bei dir und werde über dich wachen. Ich bin deine Mama und zugleich dein Schutzengel, vergiss das nie.«

Das kleine Mädchen nickte eifrig und schniefte.

»Jetzt geh zurück zu deinem Vater und deinen Geschwistern. Sie werden sich fragen, wo du bleibst. Erzähl niemanden, dass wir uns noch einmal gesehen haben. Das bleibt unser großes Geheimnis«, flüsterte die Mutter und drückte ihre Tochter letztmalig fest und innig. Das Mädchen schmiegte sich dicht an seine Mutter. Sog den Duft ihrer Haut ein, drückte ihr einen innigen Kuss auf die Lippen und schritt entschlossen zur Tür.

»Leb wohl meine Kleine, ich bin stolz auf dich«, rief die Mutter ihm nach.

Das Mädchen schloss die Tür hinter sich und kehrte heim. Es hielt sein Versprechen und erzählte niemanden von der Begegnung mit der Mutter. Als es am nächsten Tag wieder zum Grab ging, waren die Stufen und die Tür verschwunden. Das war nicht schlimm. Das Mädchen wusste, dass die Mutter immer in ihrer Nähe war. Manchmal nahm es sogar ihren Duft wahr.

Lichtblicks Gedanken
Viele Dinge können bis heute nicht einmal die besten Wissenschaftler erklären. Man ist sich allerdings einig, dass Kinder viel sensibler, offener und empathischer sind wie Erwachsene und deshalb Dinge wahrnehmen können, für die einem Erwachsenen das Gespür fehlt. Mehrmals habe ich erlebt, dass Kinder erzählten, sie hätten Verstorbene gesehen oder mit ihnen gesprochen. Schön zu wissen, dass unsere lieben Verstorbenen immer um uns sind, vielleicht tatsächlich als unsere Schutzengel.

»Wir können die Engel nicht sehen,
aber es genügt, dass sie uns sehen.«
Charles Haddon Spurgeon, Pastor, 1834–1892

Freitag, der 13.

Es war einmal … ein junger Arzt, der morgens verschlafen hatte. Nach dem Blick auf den Wecker sprang er aus dem Bett. Dabei stieß er sich den Kopf an der Dachschräge an. Im Bad fiel ihm eine teure Flasche Rasierwasser aus der Hand und zersplitterte auf den Kacheln in tausend Scherben. Beim Kaffeetrinken bekleckerte er sich dann noch mit frisch gebrühtem Kaffee.

»Kein Wunder, heute ist Freitag, der 13.«, fluchte der Mann. »Hoffentlich passiert nicht noch mehr«, dachte er und eilte ins Krankenhaus.

Zur selben Zeit brachte in dem kleinen Krankenhaus eine Mutter ihr erstes Kind zur Welt. Ein unbeschreibliches Glücksgefühl überkam sie, als man ihr die kleine Tochter auf die Brust legte und sie die Haut ihres Kindes spürte, seinen Duft und seine wohlige Wärme wahrnahm. Die Ärzte sagten, es sei gesund und auch ihr, der Mutter, ginge es gut.

»Was für ein schönes Datum mein Kind«, flüsterte die Mutter. »Du bist an einem Freitag, den 13., geboren. Dies wird immer dein Glückstag sein.«

Nicht weit vom Krankenhaus entfernt befand sich eine Schule. Der kleine Benjamin erhielt sein Zwischenzeugnis.

»Oh nein«, stöhnte er. »Jetzt hat der Mathelehrer mir eine Fünf gegeben, obwohl ich mich angestrengt habe. Was werden nur meine Eltern sagen? War ja klar, dass Freitag, der 13., mir kein Glück bringen würde.«

Im Park neben dem Krankenhaus spazierte Arm in Arm ein verliebtes Pärchen. Die beiden kannten sich schon länger, und die Liebe zwischen ihnen vertiefte sich von Tag zu Tag. Plötzlich blieb der Mann stehen, fiel vor seiner Angebeteten auf die Knie und sagte:

»Liebste, wir kennen uns bereits einige Jahre, und ich habe vom ersten Augenblick an gespürt, dass du die Richtige bist. Ich liebe dich. Willst du mich heiraten?«

Die Frau hatte Tränen der Rührung in den Augen und hauchte: »Ja, ich will.«

Hingebungsvoll küsste sie ihren Bräutigam. Niemals würde sie vergessen, dass sie ihren Heiratsantrag an einem Freitag, den 13., bekommen hatte.

Auf der Hauptstraße neben dem Park krachte es, danach hörte man aufgeregte Stimmen. Zwei Autos waren ineinander gefahren. Der Notarztwagen war nur wenige Minuten später am Ort und brachte die leicht Verletzten ins nahe gelegene Krankenhaus.

»So was passiert meistens an einem Freitag, den 13.«, murmelten die Passanten.

»Was für ein Betrieb heute!«, stöhnte einer der Ärzte.

»Kein Wunder«, antwortete der Arzt, der verschlafen hatte, »heute ist Freitag, der 13.«

Einem kleinen Mädchen, das sich auf dem Weg ins Krankenhaus zu seiner Oma befand, folgte eine junge schwarze Katze. »Wer bist du denn?«, säuselte das Mädchen. Die Katze schmiegte sich immer wieder um die Beine des Mädchens und schnurrte. »Oh, was haben wir denn da?«, rief das Mädchen erstaunt. Vor ihr lag auf der Straße eine glänzende 1-Cent-Münze. »Du und die schwarze Katze bringen meiner Oma und mir bestimmt viel Glück an diesem Freitag, den 13.«, freute sich das Mädchen.

Freitag, der 13. Für die einen ein Unglückstag, für die anderen ein Glückstag.

Lichtblicks Gedanken

Aberglaube, wie zum Beispiel Freitag, der 13., sitzt bei vielen Menschen tief. Passiert etwas Negatives, wird es sofort mit dem Datum in Verbindung gebracht. Dabei passieren an einem solchen angeblichen Unglückstag nicht mehr Unfälle wie an allen anderen Tagen des Jahres. Ob es ein guter Tag wird, liegt an uns, nicht am Datum.

»Leichtgläubige Menschen verfallen leicht dem Aberglauben.«
Martin Luther, Theologe und Reformator, 1483–1546

Die Seifenblase

Es war einmal … eine traurige junge Frau. Sie schlenderte durch die Fußgängerzone einer kleinen Stadt. Ab und zu blieb sie an einem Schaufenster stehen und betrachtete die dekorativen Auslagen.

»So schöne Sachen«, seufzte sie. Leider konnte sie sich das alles nicht leisten. Sie war froh, jeden Monat über die Runden zu kommen und ging weiter.

Schon von Weitem sah sie auf einem Platz viele Menschen stehen. Als sie näher kam, blieb ihr Blick an einem Straßenkünstler hängen. Er hielt einen riesigen Seifenblasenring in den Händen und versuchte, durch schwingende Bewegungen eine Blase zu erzeugen. Anfangs gestaltete sich das schwierig, doch schließlich hatte er Erfolg, und eine große Seifenblase schwebte unsicher, träge und wackelig in der Luft. Für einen Moment sah es danach aus, als würde sie auf den Boden fallen. Doch dann fand die überdimensionale Seifenblase endlich ihr Gleichgewicht und schwebte würdevoll durch die Luft. Ihre Haut schillerte in allen Regenbogenfarben.

»Komm, flieg mit«, rief die Blase der jungen Frau zu. »Trau dich, es wird eine wunderschöne Reise.«

Das kann doch nicht funktionieren, dachte die Frau verwundert, aber schon saß sie in der Seifenblase und schwebte über die Fußgängerzone. Die Menschen guckten ihr überrascht nach. Viele deuteten mit dem Finger auf sie.

Schließlich wurden die Menschen immer kleiner. Die Blase stieg höher und höher. So fühlen sich die Vögel, dachte die Frau. Frei und unbeschwert. Eine nie zuvor gespürte Leichtigkeit überkam sie. Sie fühlte weder Schmerzen noch Kummer noch Sorgen. Schlimm, wie fest sie seit Wochen in einem tiefen Loch steckte. Alles war dunkel und grau um sie herum. An nichts konnte sie sich mehr erfreuen. Doch jetzt schwebte sie über einen Park und einen See, vorbei an vielen kleinen Häusern mit Gärten. Sie sah Sonnenblumenfelder blühen, über eine Weide galoppierten Pferde, Bauern bestellten ihre Äcker.

Je länger die Frau in der Seifenblase durch die Luft schwebte, desto farbenprächtiger erlebte sie die Welt um sich herum. Sie hörte die Vögel wieder singen und das Rauschen eines Baches. Sie sah bunte Schmetterlinge, bewunderte den blauen Himmel und genoss die wärmenden Sonnenstrahlen. Sie fühlte sich unendlich wohl. Ein Gefühl, das sie schon sehr lange nicht mehr verspürt hatte, und das ihr jetzt Mut und Hoffnung gab.

»Möchten Sie auch einmal probieren?« Der Straßenkünstler stand neben ihr und schaute sie fragend an.

In diesem Moment zerplatzte die Seifenblase. Was blieb, war eine kleine Pfütze am Boden.

»Nein, danke«, antwortete die Frau. »Sie haben mir bereits eine sehr große Freude bereitet.«

Lichtblicks Gedanken

Träume haben und den Augenblick genießen. Jeder Tag birgt kleine Glücksmomente. Leider übersehen wir sie oft, weil wir es nicht mehr gewohnt sind, sie bewusst wahrzunehmen. Viele solcher »kleinen Glücke« in unserem Leben können zu einem großen Glück werden. Wir haben es selbst in der Hand, unser Leben mit allen Sinnen zu spüren.

»Das Glück im Leben
hängt von den guten Gedanken ab,
die man hat.«

Marc Aurel, römischer Kaiser, 121–180

Glühwürmchenliebe

Es war einmal … in einer lauen Sommernacht. Die Bewohner eines kleinen Häuschens mit Garten zündeten auf dem Terrassentisch eine Kerze an. Sie schauten in den Sternenhimmel und lauschten dem Zirpen der Grillen.

»Da guck – viele Glühwürmchen fliegen umher«, rief die Frau des Hauses entzückt.

»Das sind keine Würmchen, das sind Leuchtkäfer«, berichtigte ihr Ehemann.

Die Glühwürmchen warteten schon lange auf eine warme Sommernacht. Aufgeregt bereiteten sie sich auf die Partnersuche vor, nur eine Glühwürmchen-Dame war sehr traurig. Seit längerer Zeit schon hatte sie ein Auge auf ein bestimmtes Glühwürmchen-Männchen geworfen, bislang leider ohne Erfolg. Auch in dieser wunderbaren Sommernacht versuchte sie, sich mit ihrem hellsten Leuchten ins rechte Licht zu setzen. Sie morste dem Männchen ihre Balzbereitschaft zu, das hatte jedoch keine Augen für sie. Es entdeckte eine andere Dame. So eine wilde und feurige Glühwürmchen-Frau war ihm nie vorher begegnet. Er fühlte sich magisch von ihr angezogen.

Enttäuscht beobachtete das Weibchen, wie das Männchen die Kerze auf dem Tisch mit Blicken verschlang. Sie hörte seine schwärmenden Worte: »Das ist ja eine ganz besondere Glühwürmchen-Dame! So eine flackernde Leidenschaft sieht man nicht alle Tage. Ich sollte mich beeilen. Sicherlich hat sie an jedem Flügel zahlreiche Verehrer.«

Das Glühwürmchen-Weibchen beobachtete, wie sich das Männchen der Kerzenflamme näherte und sie umkreiste. Immer und immer wieder. »Was für ein Liebestanz«, dachte sie resigniert. Was würde sie dafür geben, an ihrer Stelle zu sein. Was sie jedoch nicht ahnte: Der liebestolle Leuchtkäfer konnte nicht näher an die angebetete Flamme heranfliegen. Sie strahlte so viel Hitze aus, dass es schier unerträglich war. Wie sollten sie sich jemals näherkommen? Noch einmal wagte er es und versuchte, sie zu umarmen. Bei diesem letzten Versuch versengte er sich sämtliche Glühwürmchenhaare. Fluchend flog er davon und kühlte sich auf einem Blatt ab.

»Wie sehe ich denn jetzt aus«, schimpfte er vor sich hin. »Kein Weibchen wird mich mehr mögen.«

Die Glühwürmchen-Dame hörte seine Worte, nahm die Gelegenheit wahr, flog schnell in seine Richtung und leuchtete strahlend hell.

»Du siehst vielleicht lustig aus«, rief sie dem Männchen grinsend zu.

»Mach dich nicht lustig über mich«, rief das Männchen zurück. »Willst du mich auch so an der Nase herumführen wie das Glühwürmchen dort unten?«

»Nein, das ist nicht meine Absicht«, sagte sie. »Aber sieh selbst. Ein Verehrer nach dem anderen versengt sich die Härchen oder die Flügel. Alle fallen auf sie herein. Diese feurige Dame spielt nur mit euch.«

»Und ... meinst du es denn ernst?«, fragte das Männchen und strich sich verschämt über die angesengten Härchen.

»Oh ja«, flüsterte das Weibchen und war froh, dass er ihr errötendes Gesicht in der Dunkelheit nicht sehen konnte.

Lichtblicks Gedanken

»Lieber den Spatz in der Hand, als die Taube auf dem Dach«, so sagt ein deutsches Sprichwort. Manchmal ist es sinnvoller, sich im Leben mit etwas Kleinerem und dafür sicher Erreichbarem zufriedenzugeben. Als sich etwas zu wünschen, dessen Erreichbarkeit keine Chancen aufweist.

»Bevor man etwas brennend begehrt,
sollte man das Glück dessen prüfen,
der es bereits besitzt.«

Francois de La Rochefoucauld,
französischer Schriftsteller, 1613–1680

Geisterstunde

Es war einmal … ein altes romantisches Schloss. Die Schlossmauern hatten schon viele Menschen kommen und gehen sehen und staunten nicht schlecht, als eines Tages vor dem großen Schlosstor eine junge Frau mit zahlreichen Gepäckstücken stand.

»Das habe ich geerbt«, staunte die Frau. »Das Schloss gehört nun mir. Vielen Dank, Tante Frieda!«

Mit einem riesigen alten Schlüssel öffnete sie das knarrende Tor und betrat ihr neues Reich. Sie war erstaunt über die Schönheit des Gebäudes und die liebevollen Details der Einrichtung. Nachdem sie sich mit den Räumlichkeiten vertraut gemacht hatte, wählte sie eines der Zimmer als Nachtlager aus. Erschöpft schlief sie nach diesem anstrengenden ersten Tag in ihrem neuen Zuhause ein. Mitten in der Nacht erwachte sie von seltsamen Geräuschen und einer Stimme.

»Buuuuhuuuu. Ich bin ein Gespenst. Fürchte dich!«

Das kleine Gespenst war äußerst unerfahren und hatte bislang niemanden in Angst und Schrecken versetzt. Es rasselte mit seinen Ketten und guckte die junge Frau mit großen Gespensteraugen an.

Im ersten Moment konnte die junge Frau in der Dunkelheit gar nichts erkennen. Sie blinzelte mehrmals und sah dann tatsächlich ein niedliches Gespenst. Klein und zart schwebte es in der Luft und schaute selbst ziemlich erschrocken drein. Die junge Frau lachte herzhaft.

»Wer bist du denn?«

»Jetzt fürchte dich endlich!«, sagte das Gespenst. »Ich bin ein Furcht einflößendes Gespenst und werde dich jede Nacht quälen. Ich werde dich mit meinem Kettenrasseln wach halten. Du wirst die Stunde der Mitternacht fürchten.«

Die junge Frau fand das kleine Gespenst drollig. Wie es sich bemühte, ihr Furcht einzujagen …

»Ich fürchte mich nicht vor dir«, antwortete sie. »Du bist ein liebes Gespenst. Das sehe ich dir an. Verrate mir, warum willst du mich erschrecken und gönnst mir meine Nachtruhe nicht?«, fragte sie.

»Weil es meine Aufgabe ist, in diesem Schloss zu spuken und die Bewohner zu erschrecken. Es war schon immer so und ich bin verpflichtet, die Tradition fortzuführen«, antwortete das Gespenst resigniert. »Die anderen Gespenster sind weitergezogen, und ich bin zuständig für die Geisterstunde in diesem Schloss.«

»Nur, weil es schon immer so war, ist es nicht deine Pflicht, in die Fußstapfen deiner Vorfahren zu treten«, stellte die junge Frau fest. »Wegen mir brauchst du nicht jede Nacht hier zu spuken. Suche dir lieber etwas, das dir Freude bereitet.«

Das kleine Gespenst stutzte. »Meinst du das ernst?«, fragte es.
»Natürlich meine ich das ernst«, antwortete die junge Frau.
Das kleine Gespenst überlegte kurz und sagte dann strahlend:
»Ich würde viel lieber nachts in der großen Bibliothek sitzen und in
den vielen Büchern schmökern.«
Also trafen die junge Frau und das Schlossgespenst eine Vereinbarung: Das Gespenst durfte seinen Wissensdurst in der Bibliothek stillen, und die junge Frau schlief jede Nacht ohne Gespensterspuk tief und fest. Beide lebten im Einklang zusammen in dem schönen, großen Schloss.

Lichtblicks Gedanken

Wie oft fällt in unserem Leben der Satz: »Das war schon immer so.« Bestimmt hat jeder ihn schon einmal gehört. Manchmal ist es Zeit für Veränderungen und neue Wege. Wir können nicht immer stehen bleiben, nur um Traditionen, Gewohnheiten oder Gepflogenheiten fortzuführen.

»»Es war schon immer so und es wird auch immer so sein‹
ist die beliebteste Ausrede für die Bequemlichkeit,
an den bestehenden Zuständen nichts ändern zu wollen.«
Gerald Dunkl, österreichischer Psychologe/Aphoristiker, *1959

Der Spiegel

Teil 1

Es war einmal … eine junge Prinzessin. Wunderhübsch und lieblich, wie man sich Prinzessinnen vorstellt. Sie besaß ein großes Herz für Mensch und Tier, aber leider fühlte sie sich sehr einsam. Sie hatte keine Freunde und keine Aufgaben, die sie ausfüllten und glücklich machten. Oft fühlte sie sich, als sei sie das traurigste und einsamste Wesen auf Erden.

In ihrem Prinzessinnenzimmer hing ein wertvoller alter Spiegel. Der Rahmen war vergoldet, und zwei kleine Engel hielten sich daran fest. Seit Generationen war dieser Spiegel im Besitz der Königsfamilie und die meiste Zeit verstaubt in einer Dachkammer gelegen. Als die Prinzessin ihn eines Tages zufällig entdeckte, bettelte sie solange, bis sie ihn in ihr Zimmer hängen durfte. Dort betrachtete sie ihr Spiegelbild und murmelte vor sich hin:

»Spieglein, Spieglein, darf ich dich fragen? Wer ist die Traurigste in diesen Tagen?«

»Ihr, kluge Prinzessin, seid sehr traurig. Jedoch lebt in Eurem Königreich eine junge Frau mit einem frisch geborenen Kind, die ist viel trauriger als ihr.«

Erschrocken über die Stimme des Spiegels sprang die Prinzessin zur Seite. Ein sprechender Spiegel …

Die Worte des Spiegels ließen ihr keine Ruhe. Mit jeder Stunde verstärkte sich ihr Wunsch, herauszufinden, wer noch trauriger war als sie. Von ihrer Kammerzofe lieh sie sich Rock und Bluse und mischte sich unerkannt unters Volk. Unterwegs fragte sie viele Menschen nach einer Frau mit einem Neugeborenen. Kurz bevor sie aufgab, erhielt sie von einem alten Mütterchen einen wertvollen Hinweis.

»Im Haus am Ende der Straße wohnt eine junge Frau mit einem Frischgeborenen.«

Die Prinzessin ging zu dem Haus, oder was davon übrig geblieben war, denn es war sehr alt und baufällig. Zögernd klopfte sie an die Tür. Als sich nach mehrmaligem Klopfen nichts rührte, drückte sie vorsichtig die Klinke runter und ging rein. In einem ärmlich möblierten Zimmer lag eine Frau im Bett. Sie schlief und hielt ihr Kind in den Armen.

»Bitte nicht erschrecken. Hören Sie mich?«

Die Prinzessin versuchte, die junge Frau zu wecken, diese schlief jedoch tief und fest. Ihr Gesicht glühte, und Schweißperlen standen auf ihrer Stirn. Auch der Säugling wirkte krank, und er röchelte. Schnell holte die Prinzessin Hilfe. Ein junger Mann, bekannt als Heiler, kümmerte sich um Mutter und Kind. Die ganze Nacht wachten beide am

Bett der Kranken. Nie zuvor hatte die Prinzessin eine Nacht neben einem Mann verbracht, und obwohl er ein Fremder war, fühlte sie eine tiefe Vertrautheit, und sie hatte den Eindruck, als suchten ihre Blicke einander ständig.

In den frühen Morgenstunden öffnete die kranke Frau ihre Augen. Auch der Säugling wurde wach und schrie vor Hunger. Die beiden hatten es geschafft.

»Ich danke euch von Herzen, was ihr für mein Kind und mich getan habt«, flüsterte die Kranke. »Das werde ich euch nie vergessen. Jeden Tag werde ich euch in mein Gebet einschließen.«

Der junge Mann verabschiedete sich überraschend. Er fragte die Prinzessin nicht einmal nach ihrem Namen. Für ihn bin ich nur ein armes Mädchen, dachte sie traurig und wandte sich der Frau zu.

»Sag mir, liebe Frau, wo ist der Vater deines Kindes?«, fragte die Prinzessin die junge Mutter. Diese begann hemmungslos zu weinen.

»Ich weiß es nicht«, sagte sie schluchzend. »Er kam eines Tages von der Jagd nicht mehr zurück.«

Die Prinzessin hörte sich die ganze Geschichte an und wusste, was zu tun war.

Lichtblicks Gedanken

Wenn wir anderen helfen, helfen wir uns selbst. Es ist ein gutes Gefühl, gebraucht zu werden.

»Willst du glücklich sein im Leben, trage bei zu andrer Glück, denn die Freude, die wir geben, kehrt ins eigene Herz zurück.«
Marie Ruhland, Schriftstellerin, 1832–1887

Der Spiegel

Teil 2

Es war einmal ... eine hübsche Prinzessin. Sie wurde von den Königseltern verwöhnt. Dennoch fühlte sie sich tief in ihrem Herzen unglücklich. Ein sprechender Spiegel an der Wand ihres Prinzessinnenzimmers verriet ihr, wer außer ihr der traurigste Mensch in ihrem Reich war. So geschah es, dass sie einer jungen kranken Frau, die ein Kind geboren hatte, bei der Suche nach ihrem vermissten Mann unterstützend zur Seite stand. Die Prinzessin stand erwartungsvoll vor ihrem Spiegel und sagte:

»Spieglein, Spieglein, darf ich dich fragen? Wer ist der Traurigste in diesen Tagen?«

»Ihr, kluge Prinzessin, seid oft traurig. Jedoch in einer Waldhütte in Eurem Königreich wird ein junger Mann gefangen gehalten, der ist der Traurigste in diesen Tagen«, antwortete der Spiegel.

Das könnte der Mann der jungen Frau sein, dachte die Prinzessin. Sofort ließ sie einen Bediensteten kommen und befahl: »Ihr reitet in die Wälder des Königreiches und durchsucht alle Hütten. In einer davon wird ein junger Mann gefangen gehalten. Diesen bringt ihr umgehend zu mir.«

Die Suche war erfolgreich. Nach zwei Tagen brachte ihr der Bedienstete einen jungen Mann. Ausgehungert und verdreckt stand er vor ihr. Seine Augen leuchteten, als er die Prinzessin sah.

»Habe ich Euch mein Leben zu verdanken?«, fragte er. »Räuber haben mich überfallen und in eine Hütte gesperrt. Alle Versuche auszubrechen, sind gescheitert. Ich war zutiefst traurig, weil ich dachte, nie wieder würde ich meine liebe Frau und meinen kleinen Sohn wiedersehen.«

Sie sah die Sehnsucht in seinen Augen. Die tiefe Sehnsucht nach seiner Frau und seinem Sohn. Für einen kurzen Augenblick kam ihr der gut aussehende Heiler mit seinen sanften Augen in den Sinn …

Die Prinzessin lächelte. »Deine Frau wird sich freuen. Nimm ein Bad, und lass dir von meiner Zofe neue Kleider geben. Anschließend bringe ich dich zu deiner Frau und dem Kleinen.«

»Ich danke Euch aus tiefstem Herzen«, sagte der Mann und küsste die Hand der Prinzessin. Er konnte es kaum erwarten, seine Liebsten wiederzusehen. Schnell ritten sie zu dem ärmlichen Haus. Die Prinzessin beobachtete, wie sich die Liebenden in die Arme nahmen, sich drückten, küssten und liebevolle Worte zuflüsterten. Das Kind zwischen ihren Körpern. Ein bewegender Anblick.

Sie freute sich über das Glück der jungen Familie. Richtig warm wurde ihr ums Herz. Aber nun spürte sie erst recht einen Kloß im Hals.

Ob ich auch jemals solch ein Glück erfahren werde?, überlegte sie und ritt zurück ins Schloss zu ihrem weisen Spiegel.

»Spieglein, Spieglein, darf ich dich fragen? Wer ist der Traurigste in diesen Tagen?« Die Prinzessin wartete gespannt auf eine Antwort.

»Ihr, kluge Prinzessin, habt immer noch Traurigkeit in Eurem Herzen. Jedoch bald begegnet Ihr einem jungen Mann, der ist der Traurigste in diesen Tagen.«

Die Prinzessin war überrascht und neugierig, was das Schicksal für sie bereithielt.

Lichtblicks Gedanken

Schicksal – wird dies jedem von uns in die Wiege gelegt? Bestimmt gibt es eine Art Vorbestimmung über unser Leben und sicherlich auch eine Mitbestimmung. Wie wir unseren Weg letztendlich gehen, bleibt uns überlassen. Wir dürfen selbst entscheiden, ob wir ihn aufrecht, gebückt oder kriechend gehen.

»Das Schicksal liegt nicht in der Hand des Zufalls,
es liegt in deiner Hand.
Du sollst nicht darauf warten,
du sollst es bezwingen.«
William Jennings Bryan, US-Politiker, 1860–1925

Der Spiegel

Teil 3

Es war einmal … eine junge Prinzessin mit großem Herz. Ihre Vorliebe galt armen und kranken Menschen, denen sie half, so gut sie konnte. Trotz ihres luxuriösen Lebens fühlte sie sich schrecklich traurig. Wer der Traurigste im Land war, verriet ihr ein alter, sprechender Spiegel an der Wand ihres Prinzessinnenreiches. Vor kurzem hatte ihr der Spiegel verraten, dass ihr bald ein liebevoller Mann begegnen würde.

Und so begab es sich, dass die Königseltern einen großen Ball veranstalteten. Sie luden viele Männer aus anderen Königreichen ein und hofften, dass die junge Prinzessin an einen dieser Männer ihr Herz verlieren würde. Die Prinzessin war über das Vorhaben der Eltern gar nicht begeistert. Ihren zukünftigen Mann wollte sie selbst erwählen. Eine Großveranstaltung mit Bräutigamschau schreckte sie ab. Jedoch beharrten die Eltern auf die Feier.

Der große Tag rückte immer näher. Die Menschen aus dem Volk fieberten dem prunkvollen Ball entgegen, denn auch sie durften dabei sein. Wochenlang schneiderten sie neue Kleidungsstücke und brachten das Schloss auf Hochglanz. Tage vor der Feier jagten die Männer genügend Wild, um alle sattzubekommen. Die Frauen buken die schönsten Kuchen und kochten leckere Köstlichkeiten.

Endlich war es soweit. Der große Ball begann. Die Prinzessin war enorm aufgeregt. Obwohl die Königin ihr prachtvolle neue Kleider anfertigen ließ, entschied sie sich für ein schlichtes hellblaues Kleid, welches die bezaubernde Wirkung ihrer schönen blauen Augen verstärkte. Sie brauchte keinen Puder, denn ihre Haut war rein und von der vielen frischen Luft und Sonne leicht getönt. Als sie die Stufen zum Ballsaal

Schritt für Schritt bedächtig hinunter stieg, verstummte das laute Gerede im Saal. Viele hielten den Atem an, als sie die Prinzessin erblickten, so wunderschön und natürlich wirkte sie in ihrem schlichten Kleid.

Die Königseltern stellten ihr viele Heiratskandidaten vor. Große und kleine. Dicke und dünne. Junge und alte. Eines jedoch hatten sie alle gemeinsam: Sie versteckten sich unter prunkvoller Kleidung. Manche trugen auch Perücken. Viele männliche Augenpaare verschlangen sie gierig, und der Prinzessin lief ein kalter Schauer über den Rücken.

»Es tut mir leid, liebe Eltern«, flüsterte sie dem Königspaar zu. »Mein Herz kann sich für keinen dieser Männer erwärmen. Bitte verzeiht mir.«

Mit eiligen Schritten verließ sie den Saal, als sich ihr ein junger Mann in den Weg stellte. Sie stutzte und schaute ihn an. Es war der Heiler, mit dem sie eine Nacht am Bett der kranken jungen Mutter gewacht hatte.

Er war groß und schlank gewachsen und hatte braune, warmherzige Augen. Seine vollen Haare kringelten sich in wilden Löckchen, wobei ihm eine Locke immer wieder ins Gesicht fiel. Seine Kleidung war dezent, und dennoch wirkte er elegant. Die beiden versanken in den Augen des jeweils anderen und vergaßen alles um sich herum.

»Sag, bist du der traurigste Mensch auf Erden?«, fragte die Prinzessin nach einer langen Weile.

»Ich *war* der traurigste Mensch auf Erden«, antwortete der Mann. »Doch jetzt, da ich dich endlich wiedergefunden habe, gibt es keinen Anlass mehr für Traurigkeit.«

Später stellte sich heraus, dass der Heiler ein Prinz war, der sich in einfachen Kleidern unters Volk mischte und kranken Menschen half. Genau wie die hübsche Prinzessin.

Die Prinzessin und der Prinz heirateten und lebten glücklich und zufrieden bis an ihr Lebensende.

Lichtblicks Gedanken

Wie schön, dass wir träumen können, denn was wäre ein Leben ohne Träume? Viele Träume gehen wirklich in Erfüllung. Wir dürfen nur nicht aufgeben, daran zu glauben.

»Träume und Gedanken kennen keine Schranken.«
Deutsches Sprichwort

Die Verlockung

Es war einmal ... eine fleißige Bäuerin. Sie stellte einen Krug mit Sahne auf das kühle Fensterbrett, da es in der Stube viel zu warm war.

Der Geruch der frischen Sahne lockte viele große Schmeißfliegen an. Sie schillerten grünlich, golden oder einfach schwarz. Einige der Fliegen setzen sich vorsichtig auf den Rand des Kruges und warteten ab. Sie beobachteten, wie die anderen reagieren würden. Ein paar mutige Fliegen landeten direkt auf der Sahnemasse und begannen, die köstliche Speise mit ihrem Rüssel aufzusaugen. Vor lauter Gier merkten sie nicht, dass sie immer tiefer sanken. Die Flügel wurden nass und verklebten. Erschrocken erkannte eine der Fliegen, in welcher Gefahr sie sich befanden.

»Schnell, wir müssen schleunigst hier raus, sonst ertrinken wir«, rief sie den anderen zu. Sie versuchte zu fliegen, jedoch haftete an ihren Flügeln die dickflüssige Sahne. An ein Entkommen war nicht zu denken. Ihr Körper sank tiefer und tiefer. Eine andere Fliege schrie verzweifelt: »Jetzt werden wir alle sterben.«

Eine andere beruhigte sie: »Lasst uns überlegen und einen Ausweg finden.«

Die Fliegen am Rand des Kruges diskutierten eifrig, wer es schaffen würde und wer nicht. Es begann ein harter Überlebenskampf. Eine äußerst ängstliche und schwache Fliege ertrank, denn sie zeigte keinerlei Bereitschaft, ihre Kräfte zu mobilisieren und gab resignierend auf.

Die kräftigste der Fliegen motivierte die anderen: »Lasst uns strampeln, solange wir Kraft haben. Lasst uns nicht aufgeben, ohne vorher alles versucht zu haben, was unser Leben retten könnte.«

»Ihr schafft es«, riefen ihnen nun auch die am Rand des Kruges sitzenden Fliegen zu. »Ihr habt schon viel heiklere Situationen in eurem Leben gemeistert.«

Mehr als guter Zuspruch war nicht möglich. Sie konnten ihren Artgenossen nicht helfen. Die verzweifelten Fliegen strampelten und strampelten mit ihren kleinen Beinchen um ihr Leben. Es dauerte eine Weile, bis sie merkten, dass der Untergrund sich leicht festigte. Sie sanken nicht mehr tiefer in die Masse hinein. Das gab ihnen Antrieb und sie strampelten mit aller Kraft weiter und weiter. Mittlerweile saßen sie auf einer hauchdünnen Schicht geschlagener Sahne, konnten sich endlich von der Anstrengung erholen und ihre Flügel trocknen lassen.

Wenige Zeit später öffnete sich das Küchenfenster und die Bäuerin nahm den Sahnetopf in ihre Hände:

»Igitt, alles voller Fliegen. Weg mit euch ihr Plagegeister«, schrie sie. Die am Rand sitzenden Fliegen waren die ersten, die das Weite suchten. Gefolgt von den auf der Sahnemasse sitzenden. Sie hatten sich inzwischen soweit erholt, um wieder fliegen zu können. Lediglich die ängstliche, schwache Fliege trieb auf der Sahne. Sie hatte den Kampf zu früh aufgegeben.

Lichtblicks Gedanken
Manchmal handeln wir einfach darauf los, ohne vorher darüber nachzudenken, ob es auch der richtige Schritt für uns ist. Manchmal machen wir anderen etwas nach, ohne vorher überlegt zu haben, ob es gut für uns ist. Was gut für andere ist, ist vielleicht gar nicht gut für uns. Erst denken, dann handeln. Es ist gar nicht so einfach, dies korrekt umzusetzen.

»Zwei Drittel der Hilfe ist, Mut einzuflößen.«
Aus Irland

Gipfelglück

Es waren einmal … zwei nebeneinander stehende Berggipfel in den Dolomiten. Sie erwachten früh morgens, gleich nach dem Sonnenaufgang.

»Guten Morgen Elfer! Ich sehe dich nicht«, rief der Zwölfer hinüber.

»Guten Morgen Zwölfer. Kein Wunder, es ist ziemlich neblig heute«, antwortete der Elfer und streckte und reckte sich. »Bei dem Wetter wird es bestimmt ein ruhiger Tag werden. Keine Wanderer, keine Kletterer.«

»Das glaube ich nicht. Der Nebel wird sich schnell verziehen und dann geht es rund«, überlegte der Zwölfer.

»Um ehrlich zu sein: Ich hoffe, es tut sich was. Es ist äußerst langweilig, immer nur hier zu stehen und zu warten, dass was passiert«, seufzte der Elfer.

»Du findest es langweilig?«, fragte der Zwölfer erstaunt. »Hier oben ist es nie langweilig. Es ist immer was los!«

»Ich finde es langweilig«, widersprach der Elfer. »Richtig langweilig.«

Der Zwölfer schüttelte die Bergspitze. Einige Steinchen kamen ins Rollen.

»Schau, der Nebel verzieht sich. Der blaue Himmel kommt durch. Bald sieht man uns in voller Pracht.«

»Jaja«, sagte der Elfer, »jeden Tag das gleiche.«

Der Zwölfer war entsetzt über den lustlosen Elfer.

»Hast du bemerkt, dass in deiner Felswand ein Adler ein Nest gebaut hat? Bald liegen Eier darin. Wir haben das Glück, beobachten zu dürfen, wie die Brut des Adlers schlüpft und heranwächst. Sieh nur, wie

Mutter Adler ihre Schwingen ausbreitet und sich von der Luft tragen lässt. Hörst du ihren warnenden Schrei?

Oder ist dir das niedliche Edelweiß im Spalt unterhalb deines Gipfels aufgefallen? Ist es nicht ein Wunder, dass der Samen ohne jegliche Erde in deinem Gestein aufgegangen ist? Es hat sich ein Plätzchen ausgewählt, das kein Mensch oder Tier jemals erreicht, und du kannst dich jeden Tag an seiner Schönheit erfreuen.

Schau dir die Gämsen im felsigen Gelände an. Mit Geschick und Können klettern sie die Steine hoch, und Nachwuchs haben sie auch bekommen. Sind die kleinen Gämsen auf ihren wackligen Beinen nicht drollig?«

Der Elfer schaute sich um. »Nein, das ist mir alles gar nicht aufgefallen.«

»Siehst du die Menschen? Sie suchen unsere Nähe. Sie genießen die Stille. Die gute Luft. Wie sie uns erklimmen! Schweißgebadet und mit hochroten Köpfen kommen sie an, um die faszinierende Aussicht zu genießen. Eine Aussicht, die wir tagtäglich haben. Die uns niemand nehmen kann.«

»Du hast recht«, gab der Elfer zu. »Wir haben es richtig schön hier und können uns glücklich schätzen.«

»Oh ja«, bekräftigte der Zwölfer. »Unsere Welt ist voller Wunder. Man muss nur die Augen aufmachen, um sie wahrzunehmen.«

Lichtblicks Gedanken

Vielleicht sollten wir manchmal innehalten und uns bewusst machen, was wir Wertvolles und Schönes um uns haben. Viele Schönheiten unserer Umgebung oder unseres Alltags sind uns zur Gewohnheit geworden, und wir haben keinen Blick mehr dafür. Also: Augen auf – es gibt so viel Schönes um uns herum.

»Die Welt ist voll alltäglicher Wunder.«
Martin Luther, Reformator, 1483–1546

Der Regenwurm

Es war einmal … eine junge Frau. Sie lebte in einem kleinen Haus mit einem wunderschönen Garten. Es war ihre Lieblingsbeschäftigung, die Pflanzen in ihrem Garten zu hegen und zu pflegen. Sie liebte den Geruch der Erde und das Gefühl, darin zu graben, jedoch hatte sie fürchterliche Angst und Ekel vor Regenwürmern. Als sie wieder einmal in der Erde wühlte, um neue Pflanzen einzusetzen, stieß sie auf einen Regenwurm. Einen ziemlich großen und fleischigen.

»Igitt«, schrie die Frau und wich einige Zentimeter zurück. »Schon wieder so ein ekliger Regenwurm.« Sie rümpfte die Nase und schüttelte sich.

»Wer ist da eklig?«, hörte sie ein feines Stimmchen. »Weißt du überhaupt, wie sehr du mich gerade von meiner alltäglichen Arbeit aufgeschreckt hast?«

Die junge Frau wich weiter zurück. Es kann doch gar nicht sein, dass ein Regenwurm mit ihr sprach. Sie beugte sich leicht über das frisch geschaufelte Loch.

»Da schaust du! Anstatt dich erkenntlich zu zeigen, schreist du mich an!«, klagte der Regenwurm. »Warum denkst du, ist deine Gartenerde so fruchtbar und deine Blumen sind weit und breit die schönsten?«

Die Frau, weiterhin verwirrt von dem sprechenden Regenwurm, zuckte nur mit den Schultern.

»Den ganzen Tag grabe ich mich durch die Erde, damit der Boden gelockert und belüftet wird. Ich bin es, der deine Gartenabfälle in Dünger umwandelt. Wenn es mich nicht gäbe, könnten die Pflanzen ihre Wurzeln nicht problemlos ausbreiten, und du hättest kümmerliche kleine Blümchen im Garten.«

Die Frau fühlte sich unwohl. »Ich weiß, dass du nützlich bist«, gab sie zu. »Ich kann mir selbst nicht erklären, warum ich mich vor dir oder einem deiner Artgenossen immer erschrecke. Du kannst schließlich genauso wenig für dein Aussehen wie jedes andere Lebewesen.«

Während die Frau mit dem Regenwurm redete, hüpfte eine Amsel immer näher an die beiden heran. Sie beobachtete schon eine ganze Weile den appetitlichen Regenwurm.

»Ich werde versuchen …«, weiter kam die Frau nicht mit ihren Worten, denn die Amsel machte einen Satz und stürzte sich auf den Regenwurm. Doch die Frau war schneller. Schützend legte sie ihre Hand auf den Regenwurm, und die Amsel nahm Reißaus. Sie saß oben im Ast und schmetterte in den lautesten Tönen ihre Wut heraus.

»Danke«, sagte der Regenwurm leise. »Du hast mir das Leben gerettet.«

Die Frau war selbst verwundert, dass sie den kleinen Regenwurm mit ihrer Hand beschützt hatte. Er fühlte sich gar nicht eklig an.

»Das habe ich gerne getan«, antwortete sie. »Jetzt grab dich schnell tief in die Erde, sonst überlegt es sich die Amsel und kommt zurück.«

»Leb wohl«, flüsterte der Regenwurm und bohrte sich tief und tiefer in die Erde. Die Frau pflanzte ihre Blumen ein und freute sich, ihre Angst überwunden zu haben.

Lichtblicks Gedanken

Unter Phobien oder Ekel vor einem Insekt leiden viele Menschen. Vielleicht bringt es dem Betroffenen etwas, wenn er sich über die Nützlichkeit des ungeliebten Tieres informiert und erkennt, dass jedes Lebewesen für einen bestimmten Zweck auf der Welt ist.

»Der liebe Gott weiß, wie man fruchtbare Erde macht, und er hat sein Geheimnis den Regenwürmern anvertraut.«

Französisches Sprichwort

Das Märchenbuch

Es war einmal ... ein Märchenbuch. Glücklich und zufrieden stand es in der Mitte eines großen Bücherregals. Viele Menschen griffen regelmäßig nach ihm. Die liebevollen Märchen erwärmten das Herz der Menschen. Das Märchenbuch hatte jedoch viele Neider. Die anderen Bücher ließen es links liegen. Sie hatten kein gutes Wort übrig, obwohl sie wussten, dass das Märchenbuch sich den mittigen Platz im Regal nicht selbst ausgesucht hatte.

Der Krimi in der obersten Reihe sagte schlecht gelaunt: »Ich wurde nur einmal gelesen. Seitdem stehe ich ganz oben im Regal und staube vor mich hin. Daran ist nur das Märchenbuch schuld. Es hat die bessere Position und wird öfter in die Hand genommen als ich.«

Das Kochbuch in einer der unteren Reihen seufzte: »Ich habe erwartet, jeden Tag in der Küche vor Ort sein zu dürfen. Auf meinen Seiten stehen die leckersten Gerichte. Leider stehe ich im Bücherregal ganz außen und somit nicht im Blickfeld der Menschen.«

Der Liebesroman flüsterte: »Ich triefe vor Romantik und Zärtlichkeit, wonach viele Menschen sich sehnen. Deshalb kann ich nicht nachvollziehen, weshalb ich hier sinnlos herumstehe. Man könnte mich weiterreichen von Mensch zu Mensch und viele Herzen durch meine Worte glücklich machen.«

Der Reiseführer murmelte in seine dicken Seiten: »An mich erinnert man sich auch nur alle paar Jahre. Grundsätzlich erst dann, wenn Urlaubsplanungen anstehen.«

Auch das Science Fiction-Buch begann zu stöhnen: »Ihr habt es gut. Mich hat bislang überhaupt niemand gelesen. Ich war ein Geschenk, aber leider nicht der Geschmack des Beschenkten. Seitdem stehe ich nutzlos hier und warte sehnsüchtig darauf, dass mich endlich jemand in die Hand nimmt und Zeile für Zeile liest.«

»Ich werde nur aus dem Regal geholt, um Schädlinge im Garten loszuwerden«, wimmerte das Gartenbuch. »Dabei enthalte ich so viele weitere nützliche Tipps.«

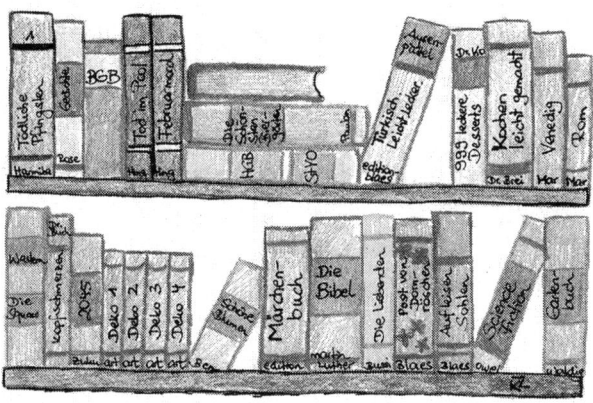

Ein Buch nach dem anderen meldete sich zu Wort und jammerte, weil das Märchenbuch den besten Platz im Regal einnahm.

»Wenn das Märchenbuch nicht im Regal stehen würde, würden die Menschen auch mehr Interesse an anderer Literatur zeigen«, wiederholte der grimmige Krimi.

»Ja«, riefen auch die anderen Bücher. »Das Märchenbuch soll verschwinden. Dann richtet sich die Aufmerksamkeit endlich auf uns andere.«

Das Märchenbuch machte sich ganz klein. Es traute sich nicht, auch nur ein einziges Wort zu seiner Verteidigung zu sagen.

Bevor der Streit endgültig eskalieren konnte, meldete sich eine alte Bibel, die ganz in der Nähe des Märchenbuches stand, zu Wort: »Was seid ihr nur alle für gemeine Bücher. Neidisch auf das Märchenbuch ... und auf mich vermutlich auch. Wenigstens vor mir, der Heiligen Schrift, bewahrt ihr Respekt. Dabei ist es ganz unbedeutend, wo das Märchenbuch oder ich stehen. Ganz oben oder ganz unten im Regal. Oder versteckt in einer Schublade. Die Menschen glauben an meine biblischen Worte. Und tief in ihrem Herzen glauben sie auch an Märchen. Ihr solltet euch wirklich schämen, so gemein zu dem unschuldigen Märchenbuch zu sein!«

Die anderen Bücher wurden still. Sie fühlten sich nicht mehr wohl in ihren Buchdeckeln. Seit diesem Tage wurde das Märchenbuch von den anderen Büchern freundlich behandelt.

Lichtblicks Gedanken
Märchen gehören zu den meist gelesenen Büchern. Jung oder Alt, für jeden gibt es die passenden Geschichten, und ein Märchenbuch fehlt in fast keinem Bücherregal.

»Ein Kind, dem nie Märchen erzählt worden sind,
wird ein Stück Feld in seiner Seele haben,
auf dem in späteren Jahren nichts mehr angebaut werden kann.«
Johann Gottfried von Herder, Philosoph,
Theologe, Dichter, 1744–1803

Danke

… dass Sie, liebe Leserin und lieber Leser, mein Buch gelesen haben! Danke an meine Schwester Marion und meine Freundinnen Helga und Hedi, die mich immer wieder ermutigten, trotz vieler Hindernisse dieses Buch zu vollenden. Danke an Britta, die mir mit zahlreichen eindrucksvollen Zeichnungen unterstützend zur Seite stand. Danke an meine Internet-Community für das positive Feedback zu meinen Geschichten. Danke an meine Verlegerin Renate Blaes. Ohne sie hätte ich es nie gewagt, diesen Schritt zu gehen.

Mein Dank geht auch an die Herren Andreas Tenzer, Philosoph, und Gerald Dunkl, Philosoph und Aphoristiker, deren Zitate ich unentgeltlich verwenden darf.

Am Ende dieses Buches möchte ich Ihnen, meinen Leserinnen und Lesern, noch einen Spruch auf den Weg mitgeben:

**Das Leben ist ein Märchen,
dessen Happy-End
wir selbst schreiben.**

Herzlichst – Ihre Karin Zimmermann

www.karin-zimmermann.editionblaes.de